Historias de Terror en la Oscuridad:

Una Colección Aterradora de Thrillers de Terror en español

Maccabro

Prólogo

Adéntrate en las páginas de "Historias de Terror en la Oscuridad", una colección aterradora de thrillers de misterio y suspenso en español. Con 91 páginas de pura intensidad, serás transportado a un mundo donde los secretos ocultos y el terror se entrelazan. Prepárate para una experiencia inmersiva y desafía tus miedos más profundos mientras te sumerges en estas historias escalofriantes.

Índice

El misterio del asesinato

Capítulo 1
Historia de terror

Tomas un muchacho de escasos 15 años arreaba el par de vacas de su abuelo Raul por aquellos inescrutables y empinados senderos de Onish, un pueblo al este de Alemania de 1850...

Tomas había crecido en aquel lugar, y no le daba miedo salir por las tardes a correr por las cuestas. Y es que en aquel asentamiento sobre el bosque se levantaban apenas unas doce casillas rudimentarias entre ellas las del viejo abuelo Raúl, y su aventajada esposa doña candelaria...

El muchacho había crecido con ellos luego de que su madre muriera "en extrañas" circunstancias en un cabaret. El tío Raúl decidió irse de Hanóver donde vivían luego de aquel suceso... no quería que le recordase nada de aquella ciudad. Por lo que agarró a su esposa y su sobrino de cuatro años y se marchó a unos acres de tierra que le había heredado décadas antes su bisabuelo.

-Abue Raúl, dijo el muchacho en modo cuando por fin llegó a casa. al fondo se podía ver a al viejo refunfuñando, batallando por encender el fogón donde solían preparar los alimentos.

Aquella casa era enorme, no por nada el viejo Raúl se había dedicado los últimos años a la construcción de casas se madera en Múnich, y en aquel bosque sobraba la madera. Por tanto, había construido la casa de sus sueños. Un gran patio se abalanzaba a los alrededores, y casillas de gallinas se vislumbraban por doquier...

-Tardaste demasiado, se escuchó decir al anciano, que no pasaba los setenta, pero igual ya se le miraba el paso del tiempo...

-Disculpe abue, es que...

-Es que nada, respondió en tono amargo mientras continuaba en su haber con esos leños que no encendían.

Y es que era iracundo y golpeador, a Raúl le solía pegar cuando era más pequeño, aunque a esta edad ya solo le insultaba, a la que, si le daba sus latigazos por lo menos cada semana, era a su esposa Candelaria, por recordarle el pasado de como la conoció.

-Mañana tienes que ir temprano por la vaca más vieja la venderé, no tenemos dinero, y tenemos que ir el sábado a comprar víveres, los quesos últimos no se vendieron, y necesitamos dinero. De repente vociferó. Tomas asintió, y se fue con su abuela que miraba a sus espaldas temerosa como siempre de como reaccionaba su esposo.

-Lo siento abue Mati, abue últimamente anda más enojón que de costumbre.

-Ya envejeció de más hijo, y ya sabes como suelen ponerse... ¡vamos! ven a comer, que te preparé los guisantes que tanto te gustan-.

Fiel a la orden, Al día siguiente, el muchacho se levantó muy temprano y camino todo aquel largo trayecto para hacer lo que le había dicho su abue.

Aquella vaca vieja que iba vender su abue era su mejor amiga, la había llevado a pastar y la había ordenado los últimos 8 años, y no quiso decirle nada a su tío, pero él no quería venderla.

-Lo siento mucho mi querida amiguita yuyis, como se llamaba la vaca - le dijo mientras le acariciaba la cabeza... no quería que se convirtiera en filetes en el mercado, pero si no hacia lo que decía, quizás una golpiza se llevaría, y obviamente tenía que llevarla.

-Bueno, coste que yo no quiero venderte yuyis, - le dijo una vez más. De pronto volteó a un lado de aquel llano buscando a las otras dos vacas, que corrían mejor suerte por ahora, ya que eran más jóvenes, producían más leche y eso se traducía en dinero. Y es que no era raro que no estuvieran a la vista ya que solían siempre andar detrás de los árboles de toda aquella zona, pero no se iban por lo regular demasiado lejos...

-Bueno, donde estarán estas, - susurro para sí. Para acto seguido gritar los nombres nuevamente de: invi, Tesita, ¿dónde están vaquitas? Por lo regular siempre respondían con ruidos o bramidos, pero esta vez no hubo nada, tras repetidos llamados.

-Espérame aquí Yuyis, sigue comiendo iré aquella mancha de árboles, tal vez este ahí... ¡donde se habrán metido estas condenadas!

Para el muchacho aquello no era nada inusual, otras veces había durado hasta una hora buscándolas, por lo que no estaba para nada preocupado, pero, cuando llego aquella mancha de árboles y de terreno un poco escabroso, el miedo comenzó a invadirle sutilmente. Sobre los troncos de los árboles yacían múltiples salpicaduras de sangre seca, pero pese a ello se miraba espantosa y con el juego de sombras de aquel lugar; se ponía la piel de gallina, tomas no era nada nervioso, pero aquello no le estaba gustando nada.

Por un instante en su mente pensó que quizás se trataba de una manada de lobos, al cruzarse aquel pensamiento miró el suelo y agarró un palo de madera por si acaso. Estaba un poco tieso de la impresión, quería controlarse, pero no podía. Dio una fugaz mirada a donde habia dejado a Yuyis, pero ya no estaba ahí.

-Qué demonios Yuyis, te dije que no te movieras- susurro para sí.

-Condenada vaca. Luego de respirar un poco y autoconvencerse de que aquello no tenía que ver con sus vacas, y que a lo mucho se trataba quizás de ciervos heridos o algún cazador del asentamiento donde vivían, aunque pensándolo bien no era típico, el único que sabía que tenía un viejo rifle de caza era don Abundio, pero que ya no solía cazar luego de haber quedado ciego de un ojo, por lo que tras considerarlo, aquello no le parecía lógico.

Tragó saliva y se quedó mirando entre los árboles cuesta abajo. Luego de minutos de no ver nada extraño a su alrededor, decidió bajar por el otro lado de la mancha de árboles para buscar un poco en los desfiladeros a las vacas, aunque esta vez lo hizo sin ruido. Su miedo había bajado, pero temía que en dado caso un depredador estuviera al acecho no llamar la atención. Iba con el palo en la mano, igual en todos esos años nunca habían tenido problemas con lobos, por eso se consolaba de alguna manera.

-Es mucha sangre, susurró. -los coyotes que se comen las gallinas de abue Matilde suelen dejar sangre, pero esa es demasiada no creo que sean perros... esta algo seca, pero fue de hace menos de una hora, pensó.

Mientras sus pies atravesaban la densa vegetación cuesta abajo, de pronto algo detuvo de golpe su caminar, y es que lo que tenía frente a él, era una escena espantosa. A unos 15 metros a lo mucho entre algunos árboles con pocas hojas; yacían dos vacas completamente destrozadas, abiertas por la mitad y sus tripas vaciadas, era un acto espantoso.

Tomas se quedó helado, su palo incluso se cayó de su mano de la impresión. El muchacho trago saliva mojando su boca seca. Se puso de cuclillas y se escondió entre la vegetación, solo su cabeza y un poco de sus hombros sobresalían en aquel follaje semiseco.

-Santo Dios ¿qué es eso? Invi Tesita, ¿qué les pasó? -se preguntó susurrando para sí, mientras intentaba de apoco alejarse, pero le era imposible por la resbaladiza cuesta.

- Les cortaron la cabeza – pronuncio para si entre labios.

- Malditos lobos han deber sido ellos. Tengo que irme de aquí.

Dio una mirada panorámica y se levantó de un salto, y con las manos de inmediato escaló cuesta arriba, hasta de nuevo, tras un par de minutos, llegó a la mancha de árboles, e inmediatamente corrió hacia debajo del llanto intentando ver por todos lados a la Yuyis que por ningún lado se miraba.

-¿Dónde estás yuyis? Yuyis -susurró en voz baja, intentado no alzar demasiado la voz. - ¿dónde diablos te metiste?

Decidido en irse a como diera lugar de ahí, de pronto miró a un costado del caminillo montuoso a amada Yuyis partida en dos como si le hubiesen acerrado con una cierra de doble manga. Como las que se solían usar entre dos personas para cortar trozos de madera.

Comenzó a temblar ante aquella perturbadora escena. Por instinto, quiso coger una piedra, pero no había ninguna cerca, así que comenzó a correr con todas sus fuerzas, y no miró para atrás. Aquello que estaba experimentando pensaba que se trataba de una pesadilla. Mientras corría se pellizcaba, pero aquello claramente no era parte de un mal sueño.

... Tras unos quince minutos llegó al riachuelo. Ahí hizo una ligera pausa, porque sentía que su alma se iba del agotamiento.

Dio una mirada hacia atrás, y de nuevo le provocó un miedo incesante, como si estuviera siendo observado por las rendijas de los arbustos. Sin quitarse el pantalón como solía hacerlo se lanzó al rio, y es que no era momento para esos detalles. Al salir de aquel lado, de alguna manera respiro un poco con más alivio, no obstante, todavía le faltaban unos dos kilómetros para llegar al asentamiento de casillas alejadas al menos unos 40 metros entre sí, que a lo mucho la componían unas 13 casillas.

Dio una respiración honda y cogió dos rocas grandes, y comenzó a correr de nuevo. Dentro de si sentía como si algo lo seguía o lo mirase de lejos.

Luego de correr por unos veinte minutos al fin divisó la mancha de casillas dispersadas en toda aquella zona, y se sintió aliviado, al menos había podido llegar a salvo se decía de sepa que cosa. Porque de una cosa estaba seguro, que aquello que fuese lo que les hizo a esas vacas no eran animales, es que Tomas sabía bien que los animales no parten en dos a una vaca perfectamente y sin ruido... fácilmente, si hubiese sido una manda de lobos hubiese sido escandaloso, pero ni siquiera un ruido escuchó.

Sabía perfectamente que aquello que había matado a las vacas de abue eran humanos al menos eso pensaba.

-Ahí está la casa del señor Misael, susurró para si mientras aceleraba el paso, ya que para este punto ya no tenía suficientes fuerzas para correr.

- Señor Misael, gritó un par de veces más desde la puerta del patio a unos cinco metros donde estaba la puerta de entrada.

-Señor Misael.

Tras no recibir contestación, pensó que se encontraba en el campo y pasó a la siguiente a unos treinta y cinco metros y tampoco nadie salió.

-Creo que están trabajando todos...

¡Ah! - exclamó, antes de llegar a la siguiente casa, y pensó en el señor Abundio, el cazador, un viejo envejecido casado con una mujer ya anciana y como era ciego pues él no trabajaba. Quería pedirle consejo o algo antes de llegar con su abuelo Raúl y explicarle todo, porque temía llegar así.

-Señor Abundio, señor Abundio, señora ¿están?

Como la casa del viejo en cuestión no tenía puerta que impidiese el paso, se sintió con la confianza en pasar. Cruzo lentamente el patio hasta la puerta de entrada, una gran puerta de madera de roble que impedía el paso de la luz con cuero de venado.

Al llegar a la puerta, tocó unas tres veces sin parar, y susurró el nombre del señor incontables veces.

-Señor Abundio, señor Abundio, ¿hay alguien acá?

Tras no recibir respuesta, se atrevió a abrir la puerta. Al asomarse dentro se dio cuenta que estaba algo oscuro, ya que no había entradas de luz a menos que la puerta de atrás estuviera abierta. Y es que ya había ido anteriormente con ellos a llevarle quesos, y la conocía cuando cerró la puerta tras de sí. Se dirigió a la cocina y cuando llegó, una macabra escena apareció de nuevo frente a él, entre sombras y apenas deslumbrándose aparecía el cuerpo del señor Abundio colgado, atravesado desde la parte de atrás con un garfio que le salía por la garganta. Y sobre su cabeza sobresalía una enorme cabeza de ciervo que había cazado hacia años el señor. En la mesa estaba la vieja esposa de la partida en pedazos, y es que era una escena sacada del peor cuento de terror de Poe.

No se explicaba el porqué de todo aquello. El pobre muchacho pensaba que no tardaría en despertar y volver de nuevo a la realidad, pero por más que se pellizcaba y temblaba no volvía.

Y entonces, cuando decidió girarse para salir despavorido, tropezó con una hoz, y se dio cuenta que fuesen quienes fuesen, aquellos posiblemente eran hombres o forajidos de otro lugar, así que trató de salir de ahí, y corrió y corrió hasta llegar a la casa de sus abues, rezando a los dioses del olimpo o sea en que creyese, que sus abues no hubiesen pasado por lo mismo, es que no se lo perdonaría.

Una vez llegó, tomó un grueso palo y quitó el seguro del a puerta que conducía al patio trasero. Y se dirigió a la entrada de la casa con sumo cuidado. Pero lo que le llamó la atención en aquella extraña mañana, de eso de las once, era que las gallinas no se miraban por ningún lado, ni los dos perros Lucas y Chombi, incluso ni los pájaros se escuchaban, pareciese que todo había desaparecido. Tragó saliva y antes de entrar, dio una mirada a sus espaldas por si acaso, y luego entró...

Al poner un pie dentro, se dio cuenta de algo tenebroso, y es que sus abues igual habían pasado por la misma experiencia atroz de parte de esos psicópatas malditos quien quiera que fueran, pero a diferencia de todos los anteriores que miró, los cuerpos de ambos especialmente del abue Raul estaba hecho pedazos de una manera salvaje, como si antes de haberlo trozado en pedacitos: hubiese sido vilmente torturado, porque su carne estaba horriblemente negra machacada.... La única parte reconocible era su cabeza y su cara sin ojos totalmente despellejada.

En ese momento se preguntó ¿que hizo el pobre abuelo para merecer tanto? si bien se portaba mal con él ni en sus más malas pesadillas le hubiese hecho eso. Por el contrario, la abuela Matilde estaba solamente desmembrada, y su matriz sacada por sus partes nobles, era una salvajada igualmente, y su cabeza sobre la mesa.

Tomas en ese momento se quedó sin fuerzas, no sabía que hacer ni a donde correr, porque en dado caso saliera y fuera a las demás casas que no logro ir, seguramente encontraría la misma escena, por tanto, pensó en esconderse entre el monte y huir de ahí al pueblo de Rakit a unos quince kilómetros cuesta abajo.

Y entonces la oscuridad lo envolvió a Tomas y cayó al suelo.

]

5 horas después...

¡Vamos despierta! ¡vamos despierta! -se escuchaban voces dentro de una habitación de cemento.

El muchacho apenas abrió los ojos, y se dio cuenta que estaba atado, y frente a el un puñado de sujetos barbones de apariencia feroz.

- Hijo de perra, le vociferabanm mientras otros lo escupían.

Tomas tartamudeaba intentando sacar un par de palabras y preguntarles que había hecho para merecer todo aquel calvario, y es que estaba golpeado para aquel punto.

¿Que hice señor? le preguntó al viejo frente a él. Un sujeto que tenía un parche en un ojo. Otro más joven de unos 50 años fumaba un cigarro, y los demás no los alcanzaba a percibir, porque salían del alcance de la única lampara de aceite que alumbraba aquella zona...

De pronto el sujeto del parche comenzó a carcajear... Y dijo,———-sabes, cuando estaba más joven siempre dije que me vengaría de ese maldito, y de todo aquello que poseyera.

Tomas no entendió que significaban aquellas palabras, es que más allá de las palabras, a veces era difícil entender el acento serbio que tenían, claramente no era alemán sino serbio con acento golpeado alemán. De nuevo respondió el chico casi al borde del llanto como suplicando no tanto por su vida sino por la tortura.

-Yo, señor tengo 15 años..., no he hecho nada en mi vida para merecer esto, únicamente pastaba las vacas de mi abuelo...,

- Cállate, - le dijo el viejo al momento que le lanzaba el cigarrillo aun prendido, y este golpeaba la cara dejándole una ligera marca de ceniza.

-Bien, antes de finalizar mi venganza, te contaré un poco, dijo, para luego darle la espalda y sentarse en una rudimentaria silla. El otro sujeto se alejó de la luz y se quedó entre las sombras, justo como los demás sujetos que, únicamente se les percibían sus enormes siluetas.

"Hace treinta años el ejército de Baviera del que formaba parte tu miserable abuelo, intentó hacerse de una zona del reino de Prusia, en aquellos años nosotros vivíamos por el norte, en una pequeña región de agricultores. Yo era un pequeño empresario que daba mucho trabajo a la gente..., esa localidad era hermosa, además todos ahí éramos muy unidos, a lo mucho vivíamos como dos mil personas. Entonces, cuando una unidad del ejército de Baviera entró, hicieron abominaciones. Luego de investigar a fondo quien fue el culpable de esas órdenes, descubrimos que fue un oficial llamado Raul Vadover Kisok".

Luego de terminar eso, tragó saliva, y se quedó unos segundos en silencio. Se miraba que aquello le dolía enormemente a aquel viejo de unos sesenta y cinco años. Luego procedió con un poco más de calma.

"Ese maldito, ordeno el asesinato de la mayoría, los que pudimos escapamos..., Pensábamos que dejarían con vida a las mujeres, pero no les bastó, las violaron entre todos, y luego las mataron. Cuando por fin el ejército de Prusia los expulsó y se hicieron acuerdos de paz para el cese al fuego, todos olvidaron aquello, pero no nosotros... nosotros queríamos venganza, y yo Benjamín Ranke empresario, me juré que no iba a morir antes de ver la venganza consumada, me gasté todos mis ahorros en aquel entonces para investigar quienes fueron, y ¿sabes? durante los últimos treinta años hemos estado ajusticiando a todos aquellos soldados que participaron en aquel batallón, el único que habíamos perdido, el rastro: era al principal bastardo, y era tu maldito abuelo..., fue el último, el numero mil quinientos de aquella unidad. Me juré que morirán todos aquellos que le pertenecían. Por eso las vacas, y por eso todo lo de él. No te imaginas cuanto sufrió. Pero, lamentablemente, te perdimos de vista cuando te teníamos allá en los llanos. Lo ideal hubiera sido que el viera tu final frente a sus ojos, pero no siempre se puede tener todo. ¡Así que jovencito tomas!". Exclamó en un tono irónico.

En ese momento Tomas comprendió algo; que su tío Raul había tenido un pasado oscuro que jamás imagino, y es que si sabía que había sido soldado y eso. Y que antes de la muerte de su madre había dejado su puesto de entrenador de tiro, pero de ser un simple oficial de bajo rango a un maldito asesino, eso lo colocaba en un tipo distinto en su mente.

El viejo Benjamín se levantó lentamente, enseguida metió su mano lentamente en su gabardina, y acto seguido sacó una extraña cuchilla. Tomas intuyó lo peor. Sabía que era el final, y bien merecido luego de escuchar aquella tenebrosa historia. Y es que, pese a que su tío era un monstruo, sin ellos como figuras familiares y de no conocer nada fuera de ese lugar, sintió que no tenía nada porque quedarse en este mundo, por tanto, se resignó a lo que sea que viniera.

Benjamín caminó hacia él dispuesto a acabarlo. Pero entonces, el sujeto segundo al mando seguramente, le detuvo con estas palabras: ¡Escucha Benjamín! el muchacho no tiene nada que ver, déjalo, si quieres apaciguar un poco tu venganza, al menos sácale un ojo y déjalo ir, no es justo que por pecadores paguen santos.

Benjamín se detuvo un segundo y comenzó a reír a carcajadas. Y luego exclamó.

-Tú crees que voy a dejarlo ir Teodoro. Pasé los últimos treinta años saboreando estos momentos de justicia. Y ahora me dices: que deje que se marche. (Carcajadas nuevamente)

Benjamín comenzó a dar unos pasos dispuesto a cercenar al muchacho. Tomas no dijo nada. Entonces el sujeto a espaldas de Benjamín vociferó en voz alta:

-Levanta las manos Benjamín. No voy a ser lo mismo con él. Ya bastantes personas inocentes matamos en este lugar, para que este muchacho corra la misma suerte. Teodoro le apuntaba con una pistola de pólvora de un solo tiro. Los demás hombres al lado de él que eran sicarios de Benjamín no hicieron nada a la orden de Benjamín de matar a Teodoro, quizás, debido a que se habían ganado el respeto de Teodoro.

-No vamos a hacer culpable de niños. Los que ajusticiamos eran grandes, pero ¡ya basta! ya acabaste con el principal, así que ¡detente ya!

- ¿Así me pagas Teodoro? no olvides que yo te saqué de las calles ¿lo recuerdas?

Teodoro agachó un poco la mirada, pero no se dejó manipular, y de nuevo puso el dedo en el gatillo.

-Dije que te detengas, volvió a gritar, esta vez mas decidido.

Entonces, de un de repente, Benjamín dio un giro dispuesto a lanzarle la daga a Teodoro, y justamente en ese momento recibió un tiro en el pecho que lo dejó muerto instantáneamente.

Luego se aproximó al chico con la daga lo desató y le dijo:

¡Vamos, vete! Nadie te hará nada... Puedes irte.

El muchacho como pudo bajo las escaleras de aquella habitación y salió, claramente no conocía aquella moderna ciudad, pero parecía que se encontraban en Berlín...

Fin de la primera historia

Capítulo 2

Perseguidos

-Por eso te dije Tom, que no me gustaban las excursiones en pueblos alejados de la civilización, pero no escuchaste ¡eh! Estabas terco en que viniéramos aquí...

-Puedes cerrar la maldita boca Ale, respondió Tom entre dientes. Al tiempo que se encogía de más entre aquel follaje y malvas.

Y es que Tom y Ale habían contraído matrimonio hacia 5 años, y por una crisis en su matrimonio, él había propuesto pasar más tiempo juntos, por lo que las últimas semanas habían estado incursionando en lugares cercanos a su natal Oregón. Pero la última semana quiso tomárselo más en serio, así que tomó un descanso para reconciliar más su matrimonio, y pagó un viaje a Francia al este de la zona del Renier donde había un pueblito prácticamente abandonado, pero que estaba rodeado de hermosos bosques y bellos lagos, que mejor lugar para renacer el amor.

Tom era un abogado de 35 años de la zona este de Portland, y cuando conoció a Ale 10 años más joven que él quedó totalmente hechizado, pero como suele pasar en casi todos los matrimonios: la monotonía suele acabar con esa chispa si no se hace nada. Y es que los sueños de ambos se truncaron, porque Ale quería tener tres bellos hijos, pero Tom siempre puso peros, por el trabajo. Él quería antes de tener hijos disfrutar más su tiempo en pareja, pero eso poco a poco los fue separando al punto que el último año estuvieron cerca de divorciarse, y entre peleas y poco interés de él, Ale decidió hacia unas semanas atrás en separarse, por lo que Tom con miedo de perderla, decidió planear todas esas salidas en pareja para intentar salvar su quebradizo matrimonio. E increíblemente, al parecer las últimas semanas alejado del trabajo y del bullicio de la ciudad, pareciese que estaba dando resultados, y más cuando le comunicó que irían a Francia.

Pero de eso han pasado ya un par de días, y ahora nuestra querida pareja se encuentra en una situación un poco extraña.

-Tú eras la que querías hijos, pero ¿sabes lo que significa? más gastos, más...

-Cállate cobarde, lo interrumpió entre susurros, -si hubiese sabido de esto jamás me hubiera casado contigo. Sabes ¿para qué son los matrimonios eh?

Tom no respondió, únicamente sus ojos divagaban de aquí para allá como intentando ver hacia debajo de los senderos en aquella zona boscosa. Luego ella prosiguió.

-Los matrimonios son para tener hijos o hacer cosas en común, pero tu solamente has estado trabajando y trabajando, pero para...

-Nos van a encontrar, ¡ya cálmate! no es momento para estas discusiones Ale.

-Qué más da eh, respondió ella en un tono irónico.

-No están fácil Ale tener hijos, y ya sabes, significan muchas cosas, Volvió a añadir únicamente, no es que le importaba ese tema ahí, pero conociendo a Ale lo paranoica y las rabietas que solía hacer, era capaz de hacer una escenita ahí y que los descubrieran.

- Sabes, Jada la que iba conmigo en secundaria acaba de tener su tercer hijo y su esposo si sabe cumplirle. ¡Ojalá hubiera conocido un hombre así!

Tom no dijo nada esta vez, únicamente se quedó en silencio, y es que lo importante en ese momento, era salir de aquel lugar a como diera lugar.

De un momento a otro, algo se comenzó escuchar a lo lejos, Ale en ese instante de nuevo le cayó el veinte de que aquello no era un sueño, era algo totalmente real. Y que discutir sobre temas de pareja y esas cosas no era importante en esos minutos. El tema importante ahí era su seguridad.

-Perdóname Tom, tengo miedo, - le dijo de un momento a otro, Tom la volteó a ver fugazmente, ella se acercó a él y lo abrazó, él un poco molestó aun, disipó su coraje a como diera lugar y también la abrazó con una mano.

-¿Qué quieren de nosotros Tom? yo... no terminó de decir esa oración cuando él le cerró la boca con una mano.

-Shhhh, no te muevas susurró casi entre labios Tom. Luego le dirigió con la mirada hacia abajo de unos árboles como a unos quince metros de distancia y forrado de vegetación.

-¡Santo cielo! ¿quiénes son? Tom no quiero... susurró balbuceando, para luego proseguir – ¿son los mismos que nos persiguieron allá en la carretera verdad?

-Silencio Ale, no te muevas. Le ordenó su esposo. Ale se cubrió la boca con las manos para no proferir un grito de pánico.

Y es que debajo de ellos había cuatro sujetos con un hacha cada uno en sus manos, y traían una especie de máscaras como de cuervos confeccionados de una manera artesanal, como si fuera hecha de una piel de algún animal extraño. Los sujetos movían la cabeza hacia todas direcciones; tratando de encontrarlos.

Ante aquella perspectiva, Tom y Ale permanecieron inmovibles durante unos minutos, hasta que aquellos sujetos al parecer se fueron del lugar.

-Está entrando la noche, amor, tenemos que irnos - dijo Ale luego de una hora en silencio.

-Parece que se fueron ya - respondió su marido algo pensativo, y es que no quería morir. La realidad es que Tom nunca le había dicho a su esposa del porque no quería tener hijos. Y el motivo principal de todo eso: es que era estéril. Cuando le prometió hijos y esas cosas en el noviazgo fugaz que tuvieron, le dijo eso porque la amaba, y no quería perderla con Lucas un empresario que la acortejaba en aquellos años.

Tom se levantó un poco del suelo, dio unas miradas rápidas a todos lados y dijo:

-Vamos a esperar unos veinte minutos a que se oculte completamente la luz y caminaremos hacia abajo, quizás lleguemos a algún pueblo cercano de esta comarca.

-Cariño, Si tan solo pudiéramos ir al carro ahí estaba el mapa, respondió Ale. Obviamente ella lo decía hipotéticamente.

Tom negó con la cabeza, -sería un suicidio... la única manera de salir con vida es caminar por el río hacia abajo. Su esposa asintió.

Y es que ambos habían llegado a ese pueblo abandonado entre comillas por un anuncio en internet, ya que de las doscientas casillas que se extendían a lo largo de un kilómetro; casi todas estaban abandonadas y roídas por el tiempo, salvo un pequeño hotel en funcionamiento aun, que era el único punto donde los escasos turistas que iban por mes ahí, solían pasar las noches. El hotel lo componían seis viejas habitaciones. El encargado, era un viejo con un solo ojo y su aventajada esposa y una hija muda. Los primeros dos días pasaron recorriendo a los alrededores, especialmente los hermosos lagos cristalinos, y únicamente el tercer día habían decidido explorar las montañas boscosas de aquel paraíso.

Pero algo ocurrió esa noche del 3 de octubre. Que hizo que el viaje de ambos se tornará en una pesadilla.

Luego de un tiempo transcurrido, la pareja comenzó a bajar cuesta abajo en dirección a un río que estaba, a quizás a lo mucho un kilómetro. Iban a paso firme y veloz. Tom llevaba una roca en su mano izquierda, y en su derecha un pedazo de leño dispuesto a golpear a quien se interpusiera en su camino. Iban entre la maleza cuidando de no hacer ningún ruido ni llamar la atención en dado caso aquellos malditos sujetos estuviesen por ahí...

-Al menos la luna está en lo alto sino no se podría caminar. Susurró a un costado Ale. Él la escuchó, pero no dijo nada, iba concentrado al frente. Cuando por fin de un rato llegaron al río, lo cruzaron sin contemplaciones, y es que no era momento de cuidar la ropa para que no se mojara, total, era un clima agradable, por lo que la humedad al contrario de perjudicar ayudaba.

Caminaron sin descanso por horas, hasta que ya muy de madrugada y de estar exhaustos al fin lograron ver un par de pequeñas casas a lo lejos. Ambos se alegraron en demasía, es que ya habían caminado por lo menos treinta kilómetros, y de haber descansado un par de horas en toda la noche; aquello era demasiado bueno.

-Lo ves mi amor -exclamó Tom lleno de felicidad, ella lo miró a los ojos, y le dio un gran abrazo. Es que en aquella situación era lo mejor que podían hacer.

Sin perder tiempo comenzaron a trotar para llegar lo antes posible. Y es que en sus pensamientos; aquella experiencia los había unido de alguna manera más, ya que pese a las constates críticas de ella a él, él nunca la abandonó en aquel sitio, y eso calo hondo dentro de Ale que le hizo amarlo mucho.

Cuando por fin se acercaron a la casa de adobe más próxima, no repararon en tocar. Pareciese que en esa casa se levantaba muy temprano, quizás eran las cuatro de la madrugada y la chimenea ya lanzaba humo desde la distancia.

-Hola hola, ¿hay alguien aquí? -vociferó un poco alto Tom, luego le siguió Ale, y ambos igual. Pero no recibieron respuestas. Sin perder tiempo caminaron unos diez metros a la casa siguiente, y el resultado fue igual, aunque cabe decir que la segunda casa estaba totalmente a oscuras, por lo que se regresaron a la casa que echaba humo por la chimenea. Luego de unos minutos un poco ya desesperados, Tom giró el picaporte, ya que se sintió con la suficiente confianza de abrirla. Ya que más daba, perdidos en la nada y de haber sobrevivido de unos malditos locos a abrir una puerta daba igual.

-¿Qué haces amor?

-Seguramente ya se fueron a trabajar -respondió Tom.

El hecho, es que aquella casa no era muy grande a juzgar unas tres habitaciones rusticas y una cocina.

Entonces abrió un poco la puerta vieja de madera y puso un pie a dentro. Cuando miró a su lado izquierdo quedó totalmente boquiabierto, y es que no podía creerlo, dentro había un par de cuerpos desmembrados sobre una enorme mesa de madera antigua. Tom se quedó helado, Ale lo notó y le pregunto:

-¿Qué sucede amor? ¿por qué no pasas? ¿qué miras? y entonces él se dio la vuelta despavorido, y dijo apenas con una voz que salía de su garganta, al tiempo que la miraba con unos ojos desorbitados de la impresión.

-Ellos están aquí. Cuando terminó de decir eso, alrededor de aquellas casas comenzaron a acercarse un puñado de sujetos igual con máscaras de la noche anterior, pero esta vez eran por lo menos quince.

Ambos comenzaron abrazarse fuertemente. Y Tomas en ese momento se dio cuenta de todo, que ahí era el final. No había forma de luchar contra aquello. Luego de unos momentos uno de esos sujetos el más pequeño se detuvo a unos ocho metros de ellos, y se quitó lentamente la máscara de cuervo. Entonces, para la impresión de ambos, aquello era increíble, frente a ellos tenían al posadero del hotel.

-¿Por qué hace esto señor? ¿qué le hemos hecho? -el viejo de un ojo volteo hacia los hombres que venían con él, y luego comenzó a carcajearse, para luego pronunciar:

-No es nada personal, pero la carne sabe buena...

Segunda historia finalizada

Capítulo 3

Tras sus pasos

Una historia basada en hechos reales

La mente de Herny Racher se encontraba en una especie de bucle luego de enterarse de que el amor de su vida de internet le había confesado que había jugado todos esos cinco años con él, y que lo había hecho únicamente, para que no se suicidara cuando lo conoció en aquel maldito chat sumido en una depresión, pero que nunca lo miró como novio. Que le perdonara, pero que era feliz ahora con su pareja.

Las lágrimas corrían por sus mejillas a cuenta gotas, pero dentro de si su alma se fragmentaba en mil pedazos. Una parte de él quería pensar racionalmente, pero una parte más oscura se abalanzaba sobre él y pedía justicia. No obstante, por más que lo intentó durante años, no pudo saber de donde era el amor de su vida. Por tanto, Racher decidió el camino más fácil. Liberar todo su odio y convertirse en un maldito psicópata-.

-Buenas tardes – dijo titubeante ante la cajera de una tienda departamental, al tiempo que pasaba por la banda un pasamontaña de frío de los que suelen usar los motociclistas. El caso es que Herny era muy tímido con las mujeres, a sus 35 años jamás había intimado, mucho menos haber dado un beso, y no es que fuera poco agraciado, sino al parecer había descubierto que tenía apego evitativo o algo así, ya que le daba miedo comprometerse y esas cosas.

-Veintitrés con noventa y ocho - dijo la cajera al pasar su pistola y registrar el precio.

Antes de que Ivi le pusiera los cuernos, él quería siempre haber encontrado el amor de su vida de una manera ideal como en las películas, pero que más se puede esperar. Es lo que hay.

-Veo que va a una excursión - dijo la mujer de unos 45 años. Que, pese a que no era nada agraciada, por su baja autoestima se sintió sumamente ruborizado tenerla medio metro de distancia.

-¿Por qué lo dice?- respondiendo mascullando ligeramente a causa de los nervios.

-Por los zapatos de montaña.

Él se quedó pensativo por un momento, luego meneó ligeramente la cabeza en señal que no.

-No, únicamente para labores de trabajo los estoy comprando.

- ¡Ah! – exclamo ella con una cálida sonrisa sincera.

-Bueno por todo serán 150 dólares señor-.

Luego de pensar dentro de si por un segundo Herny pagó. Y es que solía siempre llevar el dinero en la mano, no perdía tiempo extra evitando toda la máxima atención en su persona, especialmente cuando era del género femenino.

Pero una vez fuera de esos momentos embarazosos la personalidad malévola de Herny salía-.

-¡Escucha Herny! hubieras matado a esa zorra ¿no crees? -Herny meneó la cabeza como intentando sacar ese maldito demonio que lo impulsaba a pensar en pensamientos homicidas. Y es que Ivi era la culpable, decía una y otra vez una vocecilla dentro de su cabeza.

A decir verdad, Herny nunca fue de una personalidad agresiva, por lo que pensando lógicamente le preocupaba de alguna manera eso que se producía en su mente. Pero es que el odio se impulsaba dentro de si de una manera incontrolable, y tenía ganas de sacarlo. Es como si Herny fuera el lado positivo, pero Racher intentara opacarlo.

Aquella mañana de septiembre fue algunas tiendas más a surtirse de lo que de alguna manera dijo "utensilios de trabajo". Se sabe que pasó por una ferretería a adquirir a saber un martillo, un juego de pinzas, y algunos cinchos. Pareciese que se estuviera preparando para un trabajo especializado. Pero no. Herny desde sus 17 siempre había trabajado erráticamente en trabajos no calificados. Y Desde que sus padres murieron hacía unos 5 años ya no solía trabajar, y vivía de un pequeño negocio automático de internet que había aprendido, así que ganaba lo suficiente para no mendigar.

Durante su juventud había pasado precariedades en lo económico debido a que no solía durar mucho en los empleos por su baja autoestima y esas cosas. Y es que siempre quiso demostrarlas a sus padres que era capaz, más sin embargo nunca pudo.

-Herny me escuchas (risas siniestras) ¿a poco vas a dejar que tu alma se haya hecho pedazos por culpa de esa zorra que tanto te hizo daño? ¿o vas a seguir amándola en silencio como un perdedor? (risas siniestras) -¡Vamos! no seas cobarde, tienes que salir para que hagas lo que te digo ¡anda! confía en mí. Se volvía a repetir una y otra vez en bucle estas palabras. Y es que Herny no quería hacer nada. Pese a que no tenía mucho por que vivir. Ya no tenía una familia porque preocuparse, no tenía novia ni amigos ni conocidos en la ciudad donde vivía. La mayoría en la edad de Herny ya tienen una familia con hijos, y en lo que cabe son estables, pero Herny con sus problemas emocionales y esas cosas no lo era. Pero ya tenía un compañero que se activó desde aquel momento en que le hicieron entrar en su realidad.

- No sé qué me pasa,- susurró para si entre labios como cuidando de alguna manera, que nadie lo escuchara más allá de su alter ego.

Dio una mirada al fondo de la pequeña sala donde estaban las bolsas que había comprado. Se le erizó la piel únicamente al pensar en lo que había tramado esa vocecilla interna que le exigía justicia.

-Jamás haré nada, jamás. No no, no quiero ir a prisión. -se dijo varias veces. Y es que desde hacía días que se había activado sepa que cosa en su mente, y estaba en constante lucha para evitar que saliera y lo poseyera.

-¿Porque te resistes Herny? se volvió a escuchar la vocecilla interna al levantarse de la siesta.

-Déjame en paz, no haré nada no estoy loco.

Justo cuando estaba batallando contra sus demonios, su vicio al chat lo impulsó a entrar, y ahí estaba el Nick camuflado que sabía que era ella coqueteando con varios en sala. En ese momento le cayó la realidad encima de verdad. Los últimos tres años había estado desaparecida ella, y cuando él la encaró solo recibió un balde de agua helada. En su mente yacía como un bucle estas palabras de un mensaje privado en el chat: "Lo siento Herny, nunca te vi como novio, todos estos años solo te vi como amigo, no quise que te ilusionaras, yo ya tengo un hijo, veo la vida diferente, ya maduré. Vivo en pareja, ya no me busques, ni me dediques canciones sutilmente, eso me molesta, todo eso son solo recuerdos. Quiero entrar al chat, pero no me acoses. Eres como una sombra y quiero que me dejes en paz".

Al terminar de leer aquellas líneas escritas por ella, Herny sintió cómo una tumultuosa tormenta se desataba en su interior. Un profundo pesar invadió su corazón, y con un amargo resentimiento en su ser, agarró la computadora y la lanzó con furia contra la pared. Era algo inaudito, nunca antes en toda su existencia había experimentado una explosión de ira tan violenta. En ese instante, dejó que su alter ego oscuro emergiera por completo, desbloqueando una faceta perversa de sí mismo que le dictaba órdenes macabras.

-¡Ves que es tan fácil! Yo no te haré daño Herny a comparación a todos los malditos amigos, yo jamás te dañaré. Al contrario, serás mi amigo. -Susurró esa vocecilla diabólica una vez más.

-Creo que tienes razón, respondió el pobre Herny. -Todos siempre me han humillado. Recuerdo en la escuela, y en los trabajos. Mientras decía todo eso, el corazón se le apachurraba dentro de sí. Y es que el odio y la destrucción siempre pueden salir de un corazón noble. De un alma dolida. Y así salió la de Herny.

Luego de planear durante semanas su modus operandis Herny alistó su Camaro 1966 que había comprado a un precio razonable, y salió en busca de su primera presa.

Pasó la mayor parte de la noche recorriendo algunas callejuelas esperando a alguna victima solitaria del género femenino, y cuando parecía que no iba ser buena cacería, el destino o el karma le puso una.

-Hola que tal, - saludo desde el interior de su silencioso Camaro. La chica con una cara de pocos amigos le ignoró mientras aceleraba el paso en aquella calle solitaria de faros tintineantes.

-Hola muchacha, podría darte un aventón - volvió a levantar la voz. Hasta el mismo Herny en su interior estaba sorprendido de no sentir nervios por cortejar a una chica. Pero evidentemente, era su personalidad maligna la que tomaba el control.

La chica respondió un poco molesta pero no se detuvo.

-No gracias, mi casa está al final de esta calle.

Entonces Herny pisó el acelerador. Sabía que no había casas cerca al final de aquella calle, por lo que planeó rápidamente algo y se decidió. Giró en una calle adelante donde había un poste de luz tintineante. E hizo creer que se retiraba a toda marcha. La chica no sospechó lo que le vendría. Herny descendió de su auto con un largo mazo, y justo cuando la chica llegaba al límite para girar a otra calle, le salió Herny a un costado, y rápidamente le asestó un fuerte golpe con el mango del maso; y la chica se derrumbó.

Con el corazón a mil por horas, apresuradamente cargó el cuerpo y lo ató al Camaro. Y aceleró a fondo.

Mientras conducía Herny no podía creer lo que estaba haciendo, sus manos mojaban con sudor el volante. ¿Qué haría si la policía le marcase un alto? entonces entró en paranoia. Pero su amigo íntimo lo consoló.

-¡Vamos Herny! deja de ser un cobarde, nadie te detendrá. Gira a la izquierda y toma esas calles que nos llevarán a casa. Y así lo hizo. Durante la marcha la chica no despertó.

-Está muerta. – preguntó él. Su alter ego no respondió, es que tampoco salía cuando quería-.

En la mente caótica de Herny se venían creando escenas perturbadoras de como aplicaría justicia. Y es que para ello había comprado toda clase de herramientas semanas antes. Quería infligir todo el dolor posible a sus víctimas, especialmente a mujeres o parejas jóvenes que se amasen.

En su mente estaba tan viva la imagen de Ivi y su traición, que lo único que le importaba era transfigurar su odio en sangre y dolor. En su mente solo quería aniquilar a todos aquellos que fueran felices en el amor-.

Días después

-Ves Herny no era tan difícil ¿verdad? estoy notando que hasta te gustó como gritaba e imploraba perdón ¿lo recuerdas?

-Si. Murmuró, para inmediatamente menear ligeramente la cabeza. Herny estaba un poco ido al estar con la vista clavada en los noticieros que decía: "chica de 21 años se encuentra desaparecida, sus características y su foto están en pantalla... si sabe de algo comuníquese al...".

-Ni siquiera se imaginan donde esta verdad amiguito. -Volvió a susurrar la vocecilla diabólica.

Herby se pasó las manos sobre la cabeza como intentando salir de esa maldita pesadilla, aunque, a decir verdad, todo aquello era totalmente real. Meneó ligeramente la cabeza y le hechó unos tragos a la Heineken.

Semanas después

-Quiero hacerlo de nuevo -de repente dijo un día con una decisión que hasta su alter ego le dejo sorprendido.

-¿Qué has dicho? Quiero pensar que estás bromeando. Es muy pronto ¿no crees?

-yo no creo -dijo en respuesta Herny. -No te había dicho, pero ... sentí placer cuando gritaba, y lloraba de dolor e imploraba perdón. En esos instantes pude ver el rostro de Ivi como se retorcía y me pedía misericordia, pero ¿sabes ...? No terminó de decir aquella oración cuando la vocecilla lo interrumpió con:

-Tienes razón Herny, así me gusta. Y ¿cuándo quieres hacerlo de nuevo? veo que durante años ni salías casi a las calles, ¿recuerdas? pasabas meses sin salir ni siquiera a la puerta de tu casa que daba a la calle por pena a tus vecinos, y ahora quieres...

Herby asintió, - pero esto es distinto, solo de noche saldremos cuando hagamos esto. Quiero a una mujer con las características de Ivi, aunque no sé si logremos dar con una, - dijo para luego fijar la vista en su celular, y ver justamente una foto de ella, que si bien, no podría confirmar si era realmente Ivi, pero el odio al ver esa foto, hizo que se mordiera los labios de la rabia. Era una chica de cabellos negros rizados, posiblemente latina de Sudamérica o Centroamérica. Un cuerpo de sirena, aunque no tan agraciada de rostro, pero que cumplía con el perfil de una chica exótica.

Te dije Herny que no te enamoraras. Es por eso de la gordita escapaste ¿verdad? no querías sentir de nuevo el rechazo... quisiste olvidar a esa perra, - le cuestiono su alter ego. Herny no dijo nada. Aunque en el fondo si sentía algo de amor por esa mujer gordita, aunque no era tan agraciada y ya sus años buenos habían pasado; sentía realmente cariño por ella. Pero por el odio que sentía prefirió alejarse y no hacerle daño en dado caso.

Una semana después

-Es peligroso esto Herny ya no lo hagas, - dijo su alter ego un poco preocupado, ¿quieres ir a prisión? yo no toleraría mucho el encierro- agregó. Herny no dijo nada por un segundo, pero luego manifestó.

-Ahora eres el cobarde tu amiguito,

-No es eso respondió la vocecilla, pero te has vuelto loco Herny, seis muertas en un mes... la policía seguramente anda cerca, hay pistas por tu arrebató... desde que empezamos hace unos 12 meses ya llevas más de 20, y esto no es normal – sentenció.

-Claro que lo sé, pero jamás pensé que se tornaría un vicio- respondió él. Además, no creo nos atrapen. Ya te dije. No iré a prisión jamás. Por eso compré esa .38 super que esta sobre el armario, por si acaso...

-Si si, pero ... -la vocecilla se detuvo ante esa perspectiva realidad de auto suicidarse en dado caso ser atrapados, sabía que Herny estaba yendo demasiado lejos, y ya no importaba si se ocultaba en su mente para apaciguarlo. Herny ya estaba desatado de odio. Solo quería mitigar su amargura durante las torturas a sus víctimas. Solo quería ver sangre y escuchar las suplicas y quejidos de sus víctimas bajo el sótano. Un sótano preparado rústicamente escarbado bajo tierra y una vieja lampara de aceite que iluminaba el estrecho lugar. Y es que le resultaba cada vez más imposible controlarlo.

-Herny en mi caso he mitigado el odio, la justicia que merecía esa perra ya fue suficiente, deberías tranquilizarte. Por mi parte no molestaré durante mucho tiempo.

-No - vociferó él en un tono decidido. -Quiero encontrarla a Ivi, pero es lista la perra. Siempre me ha identificado en el chat, y así es imposible sacarle información, para dar con ella. Además, por lo que me dijo, vive en pareja, me he dado cuenta ha cambiado su mentalidad también, pero juro que la voy a acabar-.

Luego de escribir eso en su diario, Herny fue encontrado sin vida el 11 de junio de 2007en su casa del lago. De acuerdo a la autopsia: sobredosis de cristal. En su cuaderno se encontró parte de esta historia.

De acuerdo a la fiscalía general, no se sabe cuántas muertes haya provocado, porque en la libreta y apuntes de Herny Racher únicamente marcan siete. Por fortuna la mente de Herny se apagó y así está mejor, Una vida que no pudo ser feliz y que en vez de escoger el bien: eligió el camino de la autodestrucción.,

Tercera historia finalizada

Capítulo 4
Cabezas de cerdo

-¡Vamos! ¡vamos! maldita sea ¡vamos! - se escuchaba renegar de la desesperación a un hombre en medio de una desolada carretera polvorienta. A deducir de aquel lugar alejado de la ciudad: algo estaba pasando, y no era normal a juzgar los movimientos erráticos de aquel hombre y la manera en que su acompañante volteaba hacia todos lados.

Luego de menos de un minuto maniobrando y no conseguir su cometido en aquel Sedan viejo de 1975, se dieron la vuelta velozmente y se volvieron a meter a través de las grandes hileras de maíz que llenaban toda aquella zona.

- ¡Dios mío! tengo miedo Sam, -dijo en voz baja ella. El la miró mientras caminaba a paso firme, pero despacio, al tiempo que sostenía una piedra por si acaso.

-Silencio Susy. No creo que pasen más de dos horas y el sol se va a ocultar, y será nuestro momento, respondió él. -Pero... es mejor esperar de aquel lado, cruzaremos este campo de maíz y esperamos al borde aquella carretera de terracería- agregó. Ella asintió.

Y así justamente procedieron a hacerlo. Inmediatamente de caminar por lo menos dos kilómetros de punta a punta de aquel campo, se detuvieron de golpe por una escena macabra que estaba frente a ellos.

-¡Santo cielo Susy! ¡mira! -exclamó Sam mientras señalaba con su dedo a un costado del medio de la carretera.

-¡Oh! ¿qué es eso...? -expresó silenciosamente ella, tapándose la boca para no lanzar un alarido un alarido de terror.

-Es un hombre partido casi en dos pedazos. -Susurró Sam.

-No quiero morir. -agregó ella entre sollozos silenciosos.

-Lo siento Susy, fue mi culpa haber entrado en aquella desviación de aquella carretera, solo quería un poco de aventura.

-Lo sé cariño, no importa ya eso-.

Sam y Susy era un matrimonio joven de menos de 30 años que estaban atravesando como toda pareja luego de los casi tres años de casados, problemas quizás en mayor parte provocado por la monotonía. Así que por todo eso, Sam decidió darse un segundo aire y recomponer las cosas. Y que mejor en un viaje juntos, lejos de la maldita ciudad.

-Esos malditos cortaron los cables del auto allá atrás -de repente dijo su esposo a Susy que estaba algo ida de aquella situación. -Esos malditos ¿quiénes serán? -volvió a hablar.

-No lo sé Sam, pero, me dan miedo, por poco nos atrapan en aquel hace horas.

-Silencio. -le ordenó él, al momento que de un costado del lado izquierdo de la carretera salían de entre la zona boscosa tres tipos altos de más de 1.85 con máscaras de cerdo horripilantes confeccionadas al parecer de una manera rudimentaria con cuero real de sepa que cosa. Cada uno de esos sujetos, traía en sus manos cuchillos largos, y a deducir: venían por el cadáver de un hombre blanco tendido y cercenado casi por la mitad. Su cabeza miraba hacia la dirección de la pareja con unos ojos casi saliéndose de sus orbitas.

- No te muevas por lo que más quieras cariño, - le ordenó su marido nuevamente. Ella Tragó saliva y asintió.

Sam estaba inmóvil casi ni respirando, y es que los separaban escasos siete metros de donde aquellos sujetos se detenían para proceder a llevarse al cuerpo seguramente a rastras.

-Tranquila amor, esto es real, no es un sueño por lo que no hagas una tontería. Ella volvió asentir. Y es que dentro de si quería gritar y despertar de esa maldita pesadilla. El hecho es que Sam había planeado en principio viajar a 150 kilómetros al este de Massachusetts para ir a Parraut a las montañas, pero misteriosamente el mapa que compró en un puesto de cosas baratas lo condujo a otro lugar desconocido. Es por eso que quizás tomó esa desviación al sentirse perdido.

Tras una hora de espera, el sol comenzó a meterse como en intervalos, el hecho es que aquello era desesperante, tenían que salir a como diera lugar de aquel sitio yendo hacia bajo de la carretera de terracería, ya que los sujetos habían ido hacia arriba. El hecho es que tenían que avanzar y salir de esa zona donde estaban esos malditos cabezas de cerdo.

- Susy tenemos que ir al otro lado de este cerco de púas ¡vamos! te ayudo sal tu primero,- dijo él tras caminar unos 30 metros entre el maíz más adelante, donde decidieron salir.

No trascurrieron más de cincuenta metros cuando una flecha atravesó con una violencia tal que le salió por el ojo derecho a Susy que cayó inerte a un costado de Sam. Sam volteo inmediatamente hacia sus espaldas, y efectivamente, ahí estaban tres enormes sujetos con cabezas de puerco. Uno de ellos sujetaba un arco en la mano, y al parecer era de huesos humanos con lo que estaba hecho. Sam dentro de si sintió morir, que podía hacer pensó ¿correr? pero si esos tipos eran muchos al parecer", no eran los mismos que habían visto horas antes en la carretera. Seguramente ya lo tenían en la mira. Pero el instinto de sobrevivir es más fuerte sin importar que seas consciente de que no tienes ninguna probabilidad.

Tampoco era un portento en atletismo Sam si bien había ganado algunos torneos de lucha colegial, sabía que eso no le ayudaría ante semejantes mastodontes. Y entonces, comenzaron a moverse lentamente esos psicópatas. Sam estaba congelado. no sabía que hacer ni tenía la intención de hacer nada. Y entonces pasó lo impensable. Cayó de rodillas y se resignó a morir...

El cadáver de Susy estaba boca abajo con mucha sangre por doquier. El la volteo a mirar fijamente, y entonces notó algo, que estaba respirando.

-¿Como es esto posible? – susurró. Entonces ella giró su cabeza hacia él. Sam Se espantó, y dio un brinco de espanto. Ante tal escena Susy comenzó a carcajear al tiempo que los sujetos se detenían de caminar hacia ellos.

- ¿Qué demonios está pasando Susy? -tartamudeó Sam, y no terminó la frase por la consternación.

Ante su asombro, Susy se incorporó y al parecer la flecha era falsa, y no había dañado su ojo.

-¡Tienes el ojo bien! - Vociferó en exclamación el con tal asombro que pensaba que estaba delirando. Entonces Susy caminó hacia los tipos con cabezas de cerdo sin ningún tipo de miedo. Luego se paró frente a ellos y comenzó a carcajearse diabólicamente. Entonces los sujetos con cabeza de cerdo igual comenzaron a carcajearse con ella. Y sucedió que entonces, tras los costados de carretera montuosa y del lado del campo de maíz comenzaron a salir más hombres con cabezas de cerdo.

Cuando terminaron de salir todos. Susy vociferó en voz ronca y grave:
-Sam,Sam Sam, no es nada personal cariño, pero...

Sam la interrumpió con:

- ¿Dime qué está pasando aquí Susy? es una broma... merezco una explicación. Esto no es un sueño joder.

-No Sam, no es ninguna broma, tampoco no es nada personal, pero así es la vida. Fuiste víctima de las circunstancias.

-¿De qué hablas?

- Sam nunca te amé. Mi vida siempre fue aburrida en la ciudad y esas tonterías. Cuando te conocí la verdad siempre me caíste bien, pero me casé contigo por dinero, sabía que tenías un negocio y eso, y quise hacerlo legalmente posible, normal. Pero ya me cansé, mi verdadero amor mío es este chico que está conmigo, -dijo, señalando al cabeza de cerdo al lado derecho de ella. Sam en ese momento sintió como una puñalada se le disparaba en el alma. ¿cómo era posible aquello? Se preguntaba una y otra vez.

-Dime que esto es una broma ¡por favor Susy! hemos estado casi tres años, hasta habíamos planeado un bebé el próximo año y tú, y tu juegas con esto.

-Sam los siento cariño, pero no eres nada para mí, me daba asco compartir el lecho contigo. Así que como te lo vuelvo a a decir no es nada personal -volvió repetir Susy mientras sonreía sutilmente con una mueca tétrica. -¡Mira! cuando te vi en aquella fotografía hace 3 años -dije, él esta soltero, y entonces planeé todo, sabía que, si morías, yo me iba a quedar con todo.

-Eres una maldita perra. -gritó Sam furioso al saber que once meses atrás había firmado en que todos los bienes materiales en dado caso de fallecer pasaran a su esposa.

-Sam, bueno no hagas esto más complicado, porque si llegas a hacer enojar a uno de mis chicos lo vas a lamentar. -respondió ella burlonamente.

Luego de decir aquello, Susy caminó hacia un gran árbol que estaba detrás suyo, y enseguida se sentó con su hombre de cabeza de cerdo. Entonces los demás hombres con máscaras comenzaron a acercarse a Sam lentamente.

Los gritos de espeluznante terror de Sam se escuchaban a lo lejos mientras era despellejado literalmente, para luego lentamente un grupo empalarlo, y colocarlo sobre un pequeño altar de una cosa informe y blasfema.

A decir verdad, aquel grupo comenzó a danzar en derredor sobre un dios hecho de madera y recubierto con pieles humanas... algo grotesco, como si aquel grupo de hombres con cabezas de cerdo conformasen una perversa secta maldita. Y entonces Susy se colocó su máscara de cerdo y también comenzó a danzar en derredor del cuerpo mutilado de su esposo.

Cuarta historia finalizada

Capítulo 5
Dos caminos

Spencer Bert se encontraba sentado en el borde del ático de su casa de la montaña, al este de Wyoming, intentando decidir su futuro. Acababa de asesinar a su esposa, Wendy, una hermosa mujer de 29 años, cuyo cuerpo apuñalado salvajemente yacía en la cocina. Spencer era consciente de que, si no se deshacía del cuerpo, pasaría el resto de sus días en dado caso lo descubrieran, o incluso pero aun; enfrentaría la pena de muerte de acuerdo con las leyes del estado.

La casa estaba rodeada de montañas y, afortunadamente para él, no había ninguna otra vivienda en un radio de más de 5 kilómetros. Sin embargo, el sheriff del condado era amigo de ambos, especialmente de Wendy, ya que ella trabajaba como maestra en la escuela local, donde él desempeñaba funciones de seguridad.

Spencer sabía que debía encontrar una coartada sólida en caso de que lo descubrieran, por lo que estaba sumido en sus pensamientos, obviamente, algo nervioso. Wendy era muy querida en la comunidad de Osman, y desde que los Bert llegaron al pueblo, eran conocidos por su amabilidad. Osman era un pequeño pueblo con menos de 1000 casas, donde Spencer trabajaba como guardabosques cerca de una reserva.

"Debo pensar con cuidado en mi estrategia", se repetía Spencer una y otra vez en su mente. "Si cometo un error, terminaré en prisión".

Luego de unos minutos se levantó paranoico al escuchar a lo lejos la venida de un motor, seguramente en dirección a su casa. Una enorme casa antigua con estilo arquitectónico sin un cercado visible.

"¡Maldita sea!" murmuró Spencer mientras corría hacia un viejo armario donde guardaba una escopeta Winchester Model 12, una reliquia con capacidad de 4 tiros. La cargó y esperó, preparado por si acaso resultaba ser el sheriff. A veces, por su amistad con Wendy, solía pasar a tomar un refrigerio.

Esperó unos segundos, mirando por la rendija desde la amplia sala, y afortunadamente resultó ser simplemente el cartero del condado. No tardó en llamar a la puerta y asomarse ligeramente hacia dentro. Luego de que Spencer firmara y agradeciera, su corazón finalmente se calmó después de haber latido desbocado a más de 100 pulsaciones por minuto.

"Maldita sea, si hubiera sido ese maldito sheriff, estaría en problemas", murmuró para sí mismo. Apresuradamente, corrió hacia la cocina, sabiendo que se iba a encontrar el cadáver desmembrado y ensangrentado de Wendy. Lo miró con cierta indiferencia, y luego se dirigió a la recámara en busca de una sábana, regresando rápidamente para envolverlo. Sin embargo, tras analizar la situación, se dio cuenta de que, si lo enterraba en algún lugar y llegaran a descubrirlo, podrían relacionarlo con él debido a la marca de la sábana, la cual era muy identificable y era vendida en la tienda Darshim del condado. Por lo tanto, desistió y esperó unos minutos, reflexionando sobre qué usar para envolverlo. Sabía con certeza que debía enterrarlo ese mismo día, ya que Wendy daría clases al día siguiente y, por razones obvias, si ella no se presentaba ni daba una explicación, el sheriff vendría a su casa.

Spencer, Bert y Wendy se habían casado hace apenas dos años. En realidad, ambos se amaban o eso es lo que aparentaban, pero la relación comenzó a fragmentarse desde hace semanas luego de que Spencer había conocido a Betty, una cajera de un restaurante al que solía comer cada mañana cuando salía de su trabajo.

Spencer luego planeó el asesinato de Wendy de una manera peculiar, pero le salió mal la coartada. Wendy se enteró de que la estaba engañando y prometió dejarlo, exigiendo que se fuera de su casa, propiedad de su difunto padre, Tom Lirdy. En realidad, Spencer no tenía ninguna propiedad en el estado, ya que provenía de Texas y pertenecía a una familia de bajos recursos. Ante la situación inminente de quedarse prácticamente en la calle, Spencer hizo lo impensable: apuñaló salvajemente a Wendy. Además, pensó en sacar una gran ventaja del gran riesgo que había tomado: cobrar el seguro médico de 300 mil dólares. Por tanto, planeó vender la casa heredada y tener esos 300 mil dólares en su bolsillo, lo cual sería perfecto para comenzar una nueva vida junto a su amante en otro estado.

Después de pensarlo mucho, tomó pico y pala y planeó enterrar el cuerpo en las montañas durante la noche. Creía que así sería casi improbable que lo encontraran en un corto plazo.

Horas después

"Pesa mucho esta maldita...", murmuró una y otra vez mientras arrastraba con dificultad el cadáver de Wendy hacía unos desniveles inclinados. Después de caminar durante unos agotadores 45 minutos y avanzar más de un kilómetro, decidió detenerse en medio de un denso monte, rodeado de un enmarañado de árboles de difícil acceso.

"Creo que aquí será suficiente, no creo que lo encuentren en años", susurró para sí mismo, al tiempo que ponía a un lado la escopeta. Eran las 10 de la noche, y la luna en lo alto iluminaba toda la zona, por lo que no necesitaba una linterna para excavar cómodamente.

Y entonces comenzó la agotadora tarea. El rostro ensangrentado de Wendy miraba hacia donde se encontraba su ex esposo. Él volteó ligeramente para verla y se aterrorizó. De inmediato le arrojo un par de paladas de tierra para evitar la sensación de ser observado por alguien más.

"Es más difícil de lo que pensé", se dijo después de una hora extenuante de esfuerzo. Estaba completamente empapado de sudor, por lo que decidió quitarse la camisa.

Cuando finalmente había excavado un metro y medio de profundidad, pensó que sería suficiente para ocultar el cuerpo. Había anticipado la hinchazón de un cadáver humano después de unos días. Tomó un poco de agua para aliviar su agotamiento y, sin perder tiempo, arrojó el cuerpo de Wendy al interior del pozo. Se dio cuenta de que había torcido el cuello, pero no le importó, ya que con la tierra todo estaría oculto.

Pero, a medida que llenaba la zanja con tierra, a lo lejos notó un grupo de personas con linternas en movimiento. Aquello lo tomó completamente por sorpresa. De inmediato agarró la escopeta que llevaba y se agachó rápidamente entre los arbustos.

"Maldita sea, ¿quiénes serán?", manifestó con amargura, luego añadió, "parecen ser más de 5". Luego se dio cuenta de que eran hombres cazando, ya que por la época del año solían cazar en las montañas y bosques cercanos a altas horas de la noche.

"Maldición, lo que faltaba", murmuró nuevamente para sí, con la misma muletilla que solía emplear para maldecir. Quitó el seguro de la escopeta por si acaso. Sabía que no podía correr, ya que se darían cuenta, pero lo que lo desconcertó fue el ladrido de los perros. Entonces entró en pánico, sabiendo que la dirección desde la que se acercaban no estaba muy lejos. Si corría, lo alcanzarían o seguirían su rastro pensando que era una presa.

De inmediato pensó en posibilidades, pero no encontró ninguna. Así que esperó acurrucado, esperando un milagro para no ser detectado. Sin embargo, para cazadores experimentados, eso no era difícil, especialmente si los perros los guiaban. No quería dejar la tumba medio tapada, ya que, si huía, la muerte de Wendy sería directamente vinculada a él. Por lo tanto, esperó apuntando en dirección de esos sujetos.

Cuando por fin los 6 cazadores llegaron al montículo donde estaba, los perros detectaron sangre e inmediatamente llevaron al grupo de hombres hacia ese lugar. Pronto se dieron cuenta de lo que pasaba, y exclamaron a coro:

"¡Santo cielo, mira un cadáver!", pronunciaron con asombro. Quedaron perplejos al presenciar la macabra escena. Todavía se encontraban de espaldas ante la tumba, cuando en ese momento, cuatro balas impactaron en el grupo de hombres, dejando a tres de ellos caídos al instante. Los restantes levantaron sus rifles de caza y apuntaron en todas direcciones con sus linternas, tratando de descubrir qué demonios estaba sucediendo.

Mientras tanto, Spencer recargaba rápidamente su escopeta, aprovechando la confusión reinante. Sin dudarlo, comenzó a disparar su segunda carga de cartuchos. Pero, uno de los cazadores, que se encontraba resguardado detrás de un árbol, logró localizarlo con su linterna y le disparó directamente en la cabeza, matándolo al instante.

Quinta historia finalizada

Capitulo 6
La sombra

-¿Qué es eso que está ahí afuera?- se preguntaba una y otra vez Jack en aquella solitaria cabaña en medio del bosque. Y es que había alquilado una cabaña por un mes lejos de su país, quiso alejarse un tiempo de su empresa en Nueva York. Le gustaba la soledad, y decenas de veces ya había hecho este tipo de aventuras alrededor del mundo. Especialmente a Asia, pero esta vez al este de Escocia. En la zona de la Radiu, una zona todavía poco explorada, pero con algunas cabañas a lo largo de aquella reserva propiedad de Wilicon Companie, una empresa inmobiliaria que había tenido visión en rentar esas cabañas a gente acaudalada, especialmente para el disfrute en solitario. Normalmente estaban desocupadas en esta parte del año que Jack fue.

Jack era conocido por ser un hombre nada temerario. Tenía nervios de acero, pero aquellos ruidos extraños afuera de aquella cabaña de cinco metros x 4, lo tenía atormentado. No sabía de qué demonios se tratase; es que, según la compañía, no había ninguna especie de animal peligrosa más que mapaches y esas cosas. Pero lo que más le alarmó fue que cuando comenzaron los ruidos y la luz eléctrica comenzó a tintinear, para minutos después apagarse por completo.

Puso una mesa pesada de centro en la puerta, y en el ventanal puso un pequeño buro por si acaso. La cabaña estaba asentada en una pequeña colina inmersa entre árboles densos y ramajes. En su cabeza Jack no podía contemplar quien rayos estaba intentando entrar y a esas horas. En su mano yacía una lampara que por azares del destino también estaba fallando. La única arma que tenía era una pistola de salvas que llevó consigo, y que era lo único que tenía permitido de acuerdo a los protocolos de seguridad de la compañía.

Su mente bombardeaba maldiciones, es que luego de siete días maravillosos en aquel lugar, a pasar ese incidente, esto comenzaba a tornarse una maldita pesadilla. Afortunadamente Jack no era nervioso y podía mantener la tranquilidad hasta el momento. Así que lo único que podía era esperar, y sostener la pistola de salvas en dado un ladrón intentase entrar a la fuerza.

En su mente aquel viaje era para mantener su mente enfocada en sus proyectos y no morir de estrés. Jack de 45 años era un exitoso empresario de una compañía energética que trabajaba junto al gobierno. Por lo que facturaba anualmente más de 400 millones de dólares, así que Jack era muy acaudalado para ese entonces, y especialmente ocupado, pero hacía en su agenda siempre un hueco para darse estos viajes lejos del bullicio y de todo. Siempre había disfrutado dos semanas sin contratiempos de esta manera. Su familia sabía su rutina anual, por lo que no le preocupaba su seguridad en estos viajes. Y sabía que él siempre estaría bien donde quiera que fuera.

Los ruidos comenzaron poco a poco a disminuir. Jack se tranquilizó un poco, aunque en su mente seguía, que la forma en cómo se produjeron esos ruidos era sistemática, por lo que no podría tratarse ni de osos ni ningún otro animal cuadrúpedo capaz de hacer eso, ya que en esa zona no había. Por lo que, quien fuese el generador de esa fuerza ruidosa que intentó abrir la puerta de aquel lugar: era de origen humano-.

Era la 1 de la noche, y aquello le quitó el sueño por completo, A pesar de su fatiga y de haber descansado apenas tres horas, se mantuvo en vela, alerta ante la remota posibilidad de que el causante de aquel misterio regresara.

Hacia las tres de la mañana, para el alivio de Jack, la luz volvió de manera inesperada, dejando entrever que su temor de una intrusión humana era más producto de su propia paranoia. Ahora, con todos los servicios restablecidos, consideró que había sido víctima de una simple pareidolia mental, aunque al final rectificó, y se dio cuenta que fue algo real. Sin perder tiempo, decidió llamar rápidamente a la operadora de la compañía.

"—Disculpe la molestia, señorita. Creo que he sido despertado por personas hace unas horas. Me gustaría saber si se trata de alguien de su personal —dijo Jack con cortesía al teléfono.

La operadora, actuando con prontitud, realizó algunas llamadas para confirmar rápidamente que no se trataba de ningún miembro del personal de la compañía, sugiriendo que podría ser la actividad de animales como tejones o lechuzas.

—Disculpe, pero lo que experimenté no puede ser producto de un animal cuadrúpedo o un ave. Alguien intentó abrir la puerta, incluso el picaporte se movía. Estamos conscientes de que ningún animal es capaz de hacer eso, a menos que sean monos, pero no estamos en África; estamos en Suecia, donde tales animales no existen.

—Entendido, señor Jack Ramsin. En media hora enviaremos a una persona de mantenimiento a su cabaña. Le ruego que espere pacientemente y le ofrezco mis disculpas por las molestias ocasionadas —respondió la operadora con una nota de tranquilidad.

—Está bien —respondió el empresario, sintiéndose algo más calmado.

Jack tomó entre sus manos un libro que solía leer, titulado "Cómo superar los desafíos de los CEOs". Lo abrió con la intención de pasar el tiempo, comenzando a leer sus páginas. Sin embargo, mientras intentaba devorar la primera página para pasar a la siguiente, sus párpados comenzaron a cerrarse gradualmente hasta que finalmente quedó sumido en un profundo sueño.

30 minutos después

"Señor Jack Ramsin, hola. Buenas noches. Soy Bob, el técnico de mantenimiento. He venido a ver cuál es el problema que está teniendo", dijo el técnico mientras se presentaba en la puerta.

"¡Qué demonios!" exclamó el señor Jack, sorprendido, mientras saltaba de la cama y se dirigía a abrir la puerta. Al abrirla, se encontró con la nada afuera y exclamó para sí mismo: "¿Qué rayos está sucediendo?" Mientras echaba una mirada fugaz a su alrededor, todo se veía en penumbras, y su instinto le decía que algo acechaba en la oscuridad. "Hola, señor técnico. ¿Está usted por aquí?"

Sin embargo, con su instinto gritándole que cerrara rápidamente la puerta, recibió un golpe y todo se volvió oscuro-.

Media hora después

Jack abrió los ojos lentamente, recuperando la consciencia. Una voz áspera y ronca resonó desde el fondo de la habitación, claramente la voz de un hombre.

—Jack se sentía aturdido, a pesar de que habían pasado al menos 20 minutos desde que fue golpeado. —¿Quién es usted, señor? —preguntó Jack, mientras se encontraba amarrado de pies y manos a una silla. Al darse cuenta de la situación, el pánico se apoderó de él, sin saber qué estaba sucediendo.

—¡Exijo que me libere! ¿Quién es usted? —exclamó Jack, visiblemente alterado.

La voz sombría respondió: —Señor Jack Ramsin, tantos años lo he esperado para hacer esto...

El empresario no pudo contenerse y respondió: "¿De qué está hablando?" Al darse cuenta de que se trataba del técnico de mantenimiento de la compañía, su furia se intensificó aún más.

"Si salgo de esta, no solo perderá su empleo, usted irá a la cárcel por..." comenzó a amenazar Jack, pero fue interrumpido por el hombre de barba, que aparentaba unos treinta años, pero lucía más viejo debido a una quemadura en el rostro y a una vida probablemente difícil.

"Tranquilo, señor Jack", dijo el hombre. Luego, el técnico soltó una carcajada que resonó en la habitación, pero abruptamente se detuvo, transformando su rostro en una expresión seria y llena de odio.

"Recuerda, señor Jack, a la criada de hace más de 20 años y al niño al que le arrojaste agua hirviendo por tratar de defender a su madre", expresó el hombre, levantándose lentamente. La cara de Jack pasó de estar fruncida a mostrar un miedo pavoroso. Aquello le recordaba claramente su oscuro pasado.

"¿Eres tú...?" Jack alcanzó a decir unas palabras antes de detenerse, y el técnico asintió. Luego, soltó una carcajada.

"Sabes, señor Jack, cuando asesinaste a mi madre, cometiste un error al dejarme con vida", manifestó entre risas. "Aún recuerdo cuando arrojaste el cuerpo de mi madre por aquel barranco y me dejaste con la cara quemada por el agua en aquel centro de la ciudad. Pero pensaste que lo olvidaría, no solo las humillaciones que le infligías a mi madre y las violaciones. Ahora ha llegado el momento de pagar, y créame, el técnico no soy yo... ese individuo está muerto ahora."

El rostro de Jack se empapó de sudor mientras el miedo lo invadía al contemplar la malicia reflejada en el rostro de aquel sujeto. La tortura que le esperaba era inenarrable. El individuo abrió una caja llena de diversos objetos especialmente diseñados para la tortura.

"Así que empecemos, señor Jack. Creo que le haré un pedicure y luego procederé a cambiarle unas piezas dentales...", sentenció mientras se aproximaba.

Sexta historia finalizada

Capítulo 7

Historia de confesiones por carta de asesinos seriales reales plasmados en un libro

Sentenciado 1

Me siento algo raro al escribirte esta carta desde las profundidades de mi encierro, donde el tiempo parece haberse detenido hace muchos años, y solo puedo contemplar el horizonte de mi propia existencia, limitada y condenada a una miserable celda de 2 x 4 metros. Quizás mi manera de escribir sea algo rara, debido a que los últimos años me ha dado por leer mucha poesía. Cabe decir que eso es lo único que calma mi alma. Probablemente encuentres curiosidad en saber quién soy, quién fui antes de que mi destino se sellara con sangre inocente, y mis acciones evidentemente: me llevaran a este sombrío futuro.

Mi nombre es Lucas Reynolds, y una vez tuve sueños e ilusiones como cualquier otra persona común y corriente. Como tantos otros a lo largo de la historia humana, mi vida tomó un rumbo, digamos; algo oscuro y tormentoso, una pesadilla de la que no puedo despertar aun estando aquí dentro. Sinceramente, no pretendo justificar mis perversos actos ni lavar mis manos manchadas de culpa, porque realmente soy esto, un monstruo. No obstante, soy consciente de mis errores y de todo el dolor y sufrimiento que provoqué directa e indirectamente a mis víctimas.

Nací y crecí en las calles frías y despiadadas de una ciudad olvidada. Digo olvidada porque siempre así me sentí en aquel vecindario de Illinois. Desde temprana edad, la pobreza y la violencia se convirtieron en mis compañeras más cercanas. No conocí la ternura ni la guía de padres amorosos, sino la supervivencia en su forma más cruda de mis padrastros y una madre promiscua a la que no le importaba, y me desechó a los ocho años. Y así, con la antipatía floreciendo dentro de mí, mis pasos fueron desviados por las tentaciones que el destino me ofreció, y me dejé arrastrar por la vorágine de la delincuencia y las drogas, y la muerte.

Mis manos se mancharon de sangre inocente a temprana edad, y no puedo escapar de los fantasmas que me atormentan aun en las noches. Cada vida que arrebaté en aquellos años, dejaron una cicatriz imborrable en mi alma, una herida que nunca sanará, hasta que sea consumada la orden. Ahora, a días de mi inminente ejecución, soy sincero, me enfrento a mis propios demonios y a la certeza de que mi destino final es el merecido castigo por mis actos. Solo temo llegar a ese lugar que todos evangelizan. Si, quizás ya previste lo que iba a decir. El infierno. Ese infierno es a lo único que me da pavor. Todos debaten si existe o no. Pero solo puedo decir una cosa, que solo estando de aquel lado, sabré quien tiene la razón. Si los ateos o los creyentes.

En este oscuro lugar, he tenido demasiados años para reflexionar sobre mi miserable existencia y buscar redención en las palabras que ahora te entrego. Y es que debo agradecer al periodista, porque nadie se había acercado a mi luego de haber salido en las noticias. También cabe decir. Que pido perdón a aquellos a quienes he dañado, aunque sé que las palabras no pueden borrar el dolor que les causé. Y es que expresar mi arrepentimiento, espero pueda aliviar en parte la carga de mi conciencia, una vez que mis ojos vean la oscuridad.

Y es que, la soledad es mi única compañía en estos días finales que se, que son ahora si los últimos en esta tierra. Honestamente es mejor no tener familia en estos destinos. Creo que el destino no se equivocó. Al menos al darme una madre que me odiaba, y que jamás le importé, al menos eso calma mi alma debido a que nadie sufrirá con mi muerte. Al menos ese último dolor físico que experimentaré no se compara con nada.

No tuve la oportunidad desde joven. Pero a través de la lectura, he encontrado una pequeña escapatoria en estos últimos años aquí en la oscuridad de la celda. Los libros me han transportado a mundos imaginarios que jamás imaginé que existían, donde la realidad se desvanece por un breve instante, y soy completamente feliz. A veces me preguntó, de entre tantos mundos de esos: si existe un lugar donde el perdón sea posible para mí, donde pueda purgar mis pecados y encontrar paz al fin que tanto anhelo. No obstante, una vez dejo de imaginar, mi subconsciente me susurra que mi destino será un fuego eterno, una tortura para siempre, y comienzo a llorar.

Estas hojas creo es mi último acto de despedida, mi última oportunidad de enviar mis palabras más allá de estas paredes de concreto y alambre de púas. Te agradezco realmente a ti por recibir mis pensamientos y mis lamentos. Si tan solo mis letras pudieran resonar en el corazón de aquellos que se desvían del camino correcto, tal vez, quizás logren prevenir todo lo malo que está en el camino que yo elegí. Y es que nadie nace malo, son los caminos que elegimos...

Se que no me importa ya mi vida, como tal. Pero como ser humano me cuesta decirlo abiertamente más allá de mi resignación. Y es que mañana, a las 11:45 a.m., se cerrará el telón final de mi vida terrenal. Mi cuerpo experimentará el descanso eterno que merezco, y que necesito. Y es que no puedo evitar preguntarme si existe una fuerza superior allá arriba o donde sea que esté, un ser divino que me juzgará al final de mi viaje. Si es así, solo puedo esperar que encuentre algo de compasión en su corazón y se apiade de esta pobre alma que no pudo ser feliz.

Agradezco desde el fondo de mi corazón todo el tiempo que me has brindado al leer esta carta. Mi única súplica sincera es que, al conocer mi historia, consideres las consecuencias de tus propias decisiones. Yo ya no tengo un futuro, pero tu si... No sigas por el oscuro camino que yo elegí, pues solo te conducirá a la destrucción en el mejor de los casos, y al remordimiento si llegas a prisión. Busca la luz en cada esquina y el amor en cada corazón que llegue a tu vida, y así quizás, encuentres el verdadero significado de la vida, de tu vida.

Sinceramente

Lucas Reynolds (1966-2023)

Lucas Reynolds fue ejecutado por inyección letal el 29 de Mayo de 2023.

Fue condenado en principio en 2004 a 150 años por el asesinato de 8 jóvenes y violación. Pero en 2007 un jurado federal rectificó y fue condenado a pena de muerte.

Capítulo 8

Sentenciado 2

Hoy la verdad no tengo ganas de escribir, pero al menos haré unas líneas.

Hace un par de años cumplía cadena perpetua, pero como seguramente sabrás ya, me encuentro prácticamente en el corredor de la muerte. Ah horas creo. Mirar las lámparas blancas hacen que mi adrenalina aumente. El par de hamburguesas que pedí, solo las probé, ¡hombre! Quien va a tener hambre en su último día.

Bueno, ¿cómo comenzaré? creo como toda historia suele comenzar. Mi nombre es Luis Sandoval, un hombre que ha sido condenado a cadena perpetua por un acto de violencia incomprensible hacia unas personas inocentes. Obviamente, no voy a relatar esos perturbadores detalles, ya que como me dijo ese gordo, no teníamos que incluir violencia detallada.

Pero, la verdad aún recuerdo aquel fatal día de 2007 con una claridad increíble. El aire estaba cargado de tensión y desesperanza, y es que me sentía una basura. Fue en medio de ese caos en el que me encontré, impulsado por el odio y la desesperación, que hice lo que hice, y fue justamente eso lo que sellaría mi destino de por vida.

Como ya dije, no voy a relatar las masacres literalmente, pero me gustaría compartir contigo una anécdota de mi digamos miserable vida, una experiencia que siempre ha estado grabada en mi mente:

Era un día soleado de verano cuando tenía unos 9 años. Recuerdo vagar por las calles polvorientas de mi barrio en Cleveland, observando cómo la vida transcurría a mi alrededor fugazmente. Mi única compañía en aquellos años era un viejo balón de fútbol, el cual me brindaba una maravillosa compañía y libertad en medio de la pobreza que nos rodeaba. Recuerdo que, en una esquina del vecindario, había un pequeño parque abandonado con viejos juegos roídos por el paso del tiempo. Sus columpios chirriantes eran testigos mudos de la decadencia que lo rodeaba. A pesar de su estado, aquel lugar se convirtió en mi refugio todos los días, mi santuario donde podía olvidar por un momento las penurias de mi vida cotidiana.

Cierto día, mientras jugaba con mi viejo balón de futbol, noté a lo lejos la figura de un niño solitario sentado en uno de los bancos mohosos. Obviamente, Me acerqué con algo de pena, y con el tiempo descubrí que su nombre era Daniel López. Daniel también venía de un entorno difícil, pero tenía un brillo en los ojos y una risa contagiosa que iluminaba su mundo y el mío, y al cabo de un tiempo; nos hicimos buenos amigos.

Pasamos horas juntos en aquel parque olvidado, compartiendo sueños infantiles, esperanzas y juegos. Era como si en ese rincón desolado encontráramos un refugio donde podíamos ser nosotros mismos, sin juicios ni barreras de los demás. Daniel me enseñó el valor de la amistad y la importancia de la empatía en esos años.

Sin embargo, Con el pasar de los años, nuestras vidas tomaron rumbos totalmente distintos. No obstante, cabe decir, que por mi parte siempre atesoré aquellos momentos de felicidad en aquel parque hasta la fecha. Pero la realidad me alcanzó, y me vi envuelto en un torbellino de violencia y desesperación que me arrastró hacia la oscuridad donde me encuentro.

Hoy 9 de enero, en esta celda fría y solitaria, enfrento las consecuencias de mis malditas y perversas acciones. Sin lugar a dudas, la sociedad me ha juzgado y condenado por el terrible tiroteo que cobró la vida de quince personas inocentes. Y bien merecido lo tengo: lo sé. No puedo negar que fui yo quien apretó el gatillo y que mi ira cegó cualquier rastro de humanidad en mi interior en aquel instante. Ni siquiera fue una planeación como tal, pero soy el culpable.

Sin obstante, a diferencia de lo que muchos pensarían o esperarían, al día de hoy pese a todo esto que les cuento: no siento como tal arrepentimiento por mis acciones. Y es que, obviamente No justifico mis actos ni pretendo buscar compasión ante todos ustedes. Únicamente en el fondo de mi alma deseo que comprendas que en el camino de la vida: algunos nos perdemos irremediablemente sin un rumbo, y entonces nuestra existencia se vuelve una condena hacia la muerte irremediable.

Mi historia no busca justificar ni glorificar la violencia de ninguna manera. Más bien, es un recordatorio de que la maldad puede habitar en los corazones que menos pensarías. El mal puede surgir de aquellos que alguna vez soñaron con sueños hermosos de amor, el mal puede surgir de la mente más pura, el mal puede surgir de un deseo no cumplido, el mal puede surgir del rechazo, el mal puede surgir de cualquier cosa.

Creo que no alargaré más esto. Justamente estaba intentando leer mi carta, y en esas ultimas líneas de arriba: Mi voz se quebró entre esas palabras. Pero antes de despedirme, quisiera pedirte que reflexiones sobre tus propias elecciones y actos en tu vida que vives. Atesora cada momento de felicidad que encuentres en tu camino, y nunca olvides que todos somos capaces de caer en la maldad si nos dejamos llevar por nuestras peores pasiones.

No puedo decir, tu amigo, pero si puedo decir que más allá de que no estoy arrepentido. Mi escrito es para que, si tienes odio contra el mundo, no hagas daño a los demás. Porque eso no cambiará nada, sino te llevará a un lugar donde los sueños nunca florecen.

Luis Sandoval (1975 -2023)

Luis Sandoval fue ejecutado por inyección letal el 9 de enero de 2023.

Fue condenado a pena de muerte en 2008 tras asesinar a 15 personas y herir a 12. Pero por apelaciones se pospuso su sentencia hasta que una corte federal rechazó 10 amparos y lo declaró en tal fecha.

Capítulo 9

Sentenciado 3

Cuando me dijo ese sujeto que, si quería participar, dije que sí. Qué más puede perder uno ya estando en esta maldita cárcel de máxima seguridad.

Mis palabras pueden parecer imprecisas y provocar una mezcla de emociones en ti. Pero no te alarmes, simplemente son palabras de un perdedor.

Antes que nada, permíteme presentarme. Soy Paolo Gerwes, un hombre de 49 años que actualmente se encuentra recluido en prisión, esperando mi sentencia de muerte en cámara de gas. A medida que se acerca el próximo año, sé que la corte dictaminará mi destino final y me enfrentaré a la ejecución que tanto he buscado evitar. Pero aquí estoy, sin arrepentimiento en mi corazón y con una extraña sensación de orgullo.

La verdad, he sido acusado de cometer una serie de crímenes atroces, y muchos considerarán este juicio como un acto de justicia por las vidas que he arruinado. Que créeme, no son pocas. Sin embargo, quiero que comprendas que este pedazo de papel no sirve para pedirte compasión y esas tonterías. Estoy escribiendo esta carta para compartir contigo una perspectiva diferente, una visión de alguien que no se si tenga mal el cerebro, pero que se ha complacido en el camino de la maldad pese a todas las consecuencias.

Y no sé, pero desde que tuve uso de razón, siempre hice Bull ying en la escuela, siempre sentí una inquietud en mi interior, una sed de poder y control sobre los más débiles. Me di cuenta de que tenía el poder de manipular a otros para satisfacer mis deseos y ambiciones de una manera rápida. Y la verdad, mis primeros pasos por este camino fueron muy sutiles, pero poco a poco fueron escalando. Me convertí en un maestro en el arte de la psicología oscura, utilizando mi astucia y carisma para atraer a aquellos que se encontraban en situaciones vulnerables, especialmente a mujeres con problemas de autoestima o manipulables.

Mi ego se volvió gigante conforme pasaban los años en este arte de la persuasión. No tenía miedo de aprovecharme de los demás y utilizarlos como esclavos en mi juego retorcido de control mental. Cada estafa, o acto malicioso que cometía me llenaba de una extraña satisfacción, alimentando mi ego y confirmándome a mí mismo que estaba por encima de todos.

Y es que, indudablemente, la sociedad me juzgará y condenará por mis crímenes, pero eso no me importa ya. Todavía hasta la noche anterior, aun y puedo escuchar los gritos de las víctimas y sus seres queridos, exigiendo justicia. Y siempre suelo decirles: esperen tantito, pronto me reuniré con san Pedro y me dará un puntapié directo al infierno, es que a él no podré persuadirlo. Pero permíteme ser honesto contigo al menos por una vez, incluso en el rostro de esta condena, no puedo evitar sentir una especie de regocijo interno, unas carcajadas de satisfacción por cada uno de mis actos, cada vida que he manipulado y destrozado, ha sido una obra maestra de poder y control. Y me regocijo enormemente. Se que ese periodista quitará cosas de esta carta, pero quiero decirle que se joda, que permita mostrar todo.

Sé que puede resultar duro de comprender cómo alguien puede encontrar satisfacción en el sufrimiento del prójimo, y tampoco no pretendo justificarlo. Mi mente está entrelazada en una complejidad que va más allá de lo que la mayoría puede comprender. Pero quiero que sepas que no estoy buscando tu perdón, misericordia o tu entendimiento. Estoy compartiendo mi verdad, aunque sea oscura y enferma.

Y si, lo sé, lo se... El juicio sé que esta próximo. Y quizás será un espectáculo de justicia para aquellos que han sido víctimas de mis actos, y sé que la mayoría encontrará consuelo y paz en la certeza de mi castigo, hasta me atrevo a decir que se burlarán tras los ventanales mientras yo agonizo. Pero, quiero que reflexiones sobre esta carta y consideres la complejidad de la mente humana. Hay aquellos entre nosotros que desafían las normas y los límites establecidos, que encuentran placer en lo que otros considerarían inimaginable. Mientras que otros viven conforme a la ley y no dañan. Pero puedo decirlo desde aquí, que casi todos o por no decir todos, tienen deseos psicópatas, deseos de hacer cosas malas y que si no hubiera una ley que los castigara, estoy seguro hasta tu anduvieras con un machete por un bosque persiguiendo a una víctima débil.

Y no, la verdad no tengo miedo de enfrentar la muerte, ni siquiera siento remordimiento por las vidas que he arrebatado. Quizás soy un monstruo, pero soy un monstruo que ha encontrado una extraña y retorcida satisfacción en su propia existencia. "Y quien puede temer a la muerte: si la muerte soy yo mismo".

Si me preguntarán si recomiendo ser como yo, la verdad respondería con un rotundo NO. No todos nacen con los mismos talentos, cualidades. Algunos nacimos con algo diferente... pero aun así quiero que reflexiones sobre la complejidad de la mente humana. Así como puede irse como ovejitas siguiendo a la mayoría, también hay ovejas negras que no pueden seguir esos lineamientos. Que por mas que te esfuerces siempre habrá ese camino como un imán que te atraiga a ello. Y aunque desees con toda tu alma, no podrás. Y es basura eso de los psicólogos y psiquiatras: nadie conoce cada mente a la perfección. Y solo sé que falta poco.

Paolo (1963-2022)

Paolo fue ejecutado en la cámara de gas el 14 de septiembre de 2022.

Fue condenado a pena de muerte en 1995 tras violar y asesinar a 12 mujeres., Fue un proceso largo, pero la justicia al final se llevó a cabo gracias a la corte federal de agilizar el proceso.

Capítulo 10

Sentenciado 4

Soy Don Benito, un hombre de 57 años, y pues tengo que decirlo, también soy parte de al igual supongo lo que me comentaron parte de ese grupo de personas que contarán un poco de si, y de su sentencia de pena de muerte. Desde 2002, he sido conocido como uno de los violadores seriales más enfermos del estado de Oregón. Durante años, sembré el terror y la desesperación en la comunidad, hasta que finalmente fui capturado gracias a la persistencia de un valiente oficial de policía, que la verdad no se su nombre.

Sé que mis crímenes son imperdonables y atroces. Transgredí a múltiples mujeres, y algunas fueron privadas de su existencia. Dejé un rastro de sufrimiento tanto a las victimas como a sus seres queridos. Cuando me enfrenté a juicio allá por 2004 fui declarado culpable y sentenciado a mil años de prisión. Y es que una parte de mi estaba algo consternada, pero otra durante años, viví disfrutando de la impotencia y el sufrimiento de mis víctimas o al menos los recuerdos.

Pero para mí desgracia, en 2019, un juez dictaminó que mi castigo no era suficiente para tanto daño que causé, y se me sentenció junto a un jurado a la silla eléctrica. Puedes pensar que esto me llenaría de temor y remordimiento, pero déjame sorprenderte. En el fondo de mi corazón, no siento ni el más mínimo arrepentimiento ni miedo a la muerte inminente. No obstante, me siento arrogante y jactancioso con ganas de gritarlo a nivel mundial, y es que cuando eres alguien así, y cometes cosas que te salen muy bien, te sientes ególatra. Pero otra parte de mi se siente una basura, es mi alter ego siento. Pero qué más da. Pronto seré un costal de huesos bajo el cementerio. Y estoy seguro que en el mas allá.

Algo, todo lo contrario, al menos en mi caso, es que la vida tras las rejas me ha brindado una sensación de alguna manera de poder y control. He observado cómo la sociedad se aferra a la idea de justicia y castigo, mientras yo me regodeo en la certeza de que mi nombre quedará grabado en la historia como el villano que aterrorizó a una sociedad. Se que se puede leer algo retorcido, pero cada vez que escucho los susurros de mis crímenes, siento una extraña satisfacción. Y se que no es lo menos que se podría esperar un sujeto como yo.

De acuerdo a lo que me dijo el abogado de oficio que me asignó el estado, Mi ejecución está programada para el 22 de enero de 2024, y mientras espero ese día, no puedo evitar sentirme superior a aquellos que me consideran una bestia. Y es que allá afuera hay sujetos peores que yo en las cúpulas de poder. Al menos yo soy una víctima de las circunstancias que moldearon mi plasticidad cerebral social y afectiva en su momento. Pero esos sujetos que se jactan en el poder de ser grandes personas, son de lo peor. Hacen depravaciones peor que yo sin que nadie les castigue.

Este escrito que finalizo aquí, es una muestra de mi desprecio por la moralidad convencional, y una invitación a contemplar la complejidad del mal en la naturaleza humana. Que, sin las condiciones óptimas en todo sentido, puedes crear un ser humano abominable, aunque en la mayoría de los casos no, pero siempre hay excepciones.

Don Benito X (1967-2024)

Don Benito X espera ser ejecutado el 22 de enero del próximo año 2024, como parte de la violación de más de 20 mujeres y el feminicidio de aproximadamente 5 comprobadas. El señor Benito será ejecutado vía silla eléctrica a las 5 de la tarde.

Capítulo 11

Sentenciado 5

Conocido por el siniestro Apodo del Huesos, este asesino serial y feminazi prefirió contar su carta de una manera peculiar. Hablando en algunas veces en primera y tercera persona.

Había una vez, en una casita solitaria próxima al bosque de Texas, un hombre conocido como El Huesos, desconocido para casi todos menos para un detective que le dio caza durante décadas, recorrió las solitarias autopistas del país como un camionero aparentemente común y corriente. No obstante, detrás de su apariencia flacucha y débil y su sonrisa disfrazada de amabilidad, se ocultaba un monstruo sádico y retorcido que había quitado la vida a decenas de mujeres y hombres. Era bisexual con inclinaciones más a las mujeres, especialmente el estereotipo de chichonas. Ya que a la mayoría quienes fueron sus víctimas eran de este tipo de mujeres.

Y es que ya para 1995 El Huesos llevaba en su conciencia más de 50 crímenes horrendos, una serie de violaciones y asesinatos que habían aterrorizado el inconsciente de las mujeres desde los años 80, hasta 1998 cuando fue arrestado. Sus víctimas eran mujeres inocentes que se cruzaban en su camino; en su mayoría madres solteras que se dedicaban a la prostitución a lo largo y ancho de estados unidos.

Recuerdo una anécdota en particular, una noche oscura y lluviosa allá por creo 1992. El Huesos ósea yo recogió a una joven autoestopista que buscaba desesperadamente llegar a casa a eso de las 11 de la noche. Ella no sospechaba lo que le esperaba. Justamente al poner un pie en mi gran tráiler: mi mente ya había planeado que hacerle. En el interior de mi viejo camión, los deseos más oscuros y perversos se apoderaban de mí, alimentados por una sed insaciable de dominio y control. Y para evitar la cárcel, no podía dejarlas con vida, así como así.

Y es que, en su momento, cuando llegamos a una desviación de la carretera hacia una zona de difícil acceso y de no retorno, La joven se encontró atrapada en una pesadilla sin escape. Aún recuerdo que Sus gritos se mezclaban con el estruendo de la lluvia mientras yo daba rienda suelta a mis más bajos instintos. Su cuerpo, sin vida, recuerdo que lo dejé enterrado en aquel pastizal de aquel bosque de aquella carretera interestatal. Obviamente esta persona fue una de las victimas que pude identificar y esta archivado. Ni modo que diga que no lo hice, no gano nada tampoco en negarlo-.

A pesar de su monstruosidad, El Huesos ha encontrado tiempo para reflexionar sobre todo lo que ha hecho. En su celda solitaria, en espera de la inyección letal que marcará su destino final, ha llegado a comprender la gravedad de sus crímenes y la magnitud del dolor que ha provocado.

En su confesión final, el Huesos busca perdón ante la sociedad, ante el cielo y ante un cura. Él se declara totalmente católico y teme llegar allá arriba: al infierno. Según dice ha leído la obra de Dante Alighieri se hace a veces por las noches heridas con los dientes debido a la desesperación de pensar lo que le espera. Por eso espera consuelo antes de partir. Su más anhelado sueño: es renacer en un alma pura, liberarse de las cadenas que lo atan a esta identidad llena de pasado oscuro. Reconoce la monstruosidad de sus actos y ruega a aquellos que escuchan su historia que no cedan a los deseos oscuros que pueden habitar en su interior por ningún motivo ni por experimentación, porque puede que sean presos de algo sin retorno.

Y quiero decir algo más. Que su historia nos sirva como advertencia y recordatorio de la fragilidad como seres humanos, y que si no controlamos nuestros pensamientos podríamos hundirnos en eso: una innato impuso a hacia lo malo.

El Huesos será sentenciado el 9 de julio del 2025, y solo el destino puede dictaminar si su alma encontrará la redención.

El hueso (1958-2025)

Se espera sea ejecutado por cámara de gas.

Capítulo 12

Sentenciado 6

Me cuesta siquiera comenzar a escribir estas dos hojas, ya que no estoy seguro de merecer siquiera tus palabras o atención, quien soy yo para hacerlo ¿verdad? He llevado una vida de lo peor..., y ahora, con el peso de mis crímenes aplastándome, encuentro la necesidad de confesar mis actos más atroces y no negarme a lo que me propuso ese periodista. Por mi apariencia temible, me llamarás "El Calaverico" no tengo ganas en lo más mínimo de enaltecer mi nombre y más aún, para mis familiares que tanto me amaron vuelvan a sentirse agraviados que los relacionen conmigo.

Mis primeros crímenes federales fueron a eso de los 15, como los susurros de una sombra que te seduce hacia la oscuridad y desde aquellos años jamás paré. Me encantaba el juego de azar y las drogas, y toda clase de estafas, luego comencé a tener pensamientos psicópatas: deseos de matar, acechando a mis víctimas antes de atacarlas sin piedad. Los gritos y el miedo que provocaba en ellas me llenaban de una extraña satisfacción. Me alimentaba de su dolor y desesperación.

Permíteme compartir contigo un par de escenas grotescas de mis macabros crímenes. Todavía recuerdo como si fuera ayer. Aquella era una noche que lloviznaba en la que aceché a una joven indefensa que regresaba a casa ya tarde caminando por un sendero a su hogar, luego seguramente de una agotadora jornada en una fábrica. Me arrastré sigilosamente detrás de ella por algunos minutos sin que me viera es que esa zona era herbosa, disfrutaba cada momento en el que su corazón y el mío latían más rápido. Cuando menos lo esperaba, salí de las sombras y la sometí a una agonía inimaginable. La expresión de terror en su rostro quedó grabada en mi mente como un trofeo macabro, y fue el primero de muchos. Se hizo un vicio imparable. Y no estoy de acuerdo con los psicólogos, no me considero psicópata, porque aquellos deseos fueron eso: deseos, que una vez los probé me encantaron. Y es por eso que siempre he dicho; no caigas en los deseos peligrosos, porque te pueden hacer esclavo de ellos.

Un par de meses de aquel horrible crimen, tuve la audacia de adentrarme en la vida de una familia feliz. Me infiltré en su hogar, observando cada detalle de su rutina cotidiana. Me deleité en la idea de romper su seguridad y arrebatarles su tranquilidad. Odiaba que fueran felices. Una noche, mientras dormían plácidamente, los desperté con mi presencia siniestra. Sus gritos llenaron la casa mientras yo me regocijaba en el caos y el sufrimiento que había causado, y la sangre salpicaba todo el lugar. Mi apariencia de cadáver por lo flaco y ojeras daba un extra de miedo.

Mis rastros de ADN y otras cosas, me llevaron a enfrentarme a las autoridades, quienes finalmente de unos 3 años de pesquisa lograron atraparme, y poner fin a mi reinado de terror. Ahora me encuentro en espera de una sentencia por la silla eléctrica para el 2029, mientras tanto, sigo cumpliendo la sentencia de 550 años.

Siendo sincero, no puedo explicar por qué me aferré a ese odio que me consumió. Lo más seguro se deba a que nadie me quiso como hombre, siempre jugaron conmigo. No tengo excusas ni lamentos que ofrecer, ya que mis actos no pueden ser justificados de ninguna manera. Quizás, en algún rincón retorcido de mi alma, siempre supe que este día llegaría.

Mientras llegue ese momento, encuentro cierto consuelo en la idea de que mi confesión pueda servir como un consejo para aquellos jóvenes que quieran pasarse de listos con la ley. Incluso nacer y vivir en ambientes hostiles y que pienses que no hay paz, al menos creo ahora que Hay una esperanza, incluso para aquellos que hemos perdido todo rastro de humanidad.

No espero que me comprendas o me perdones, pues no merezco ninguna de estas cosas. Solo te ruego que tomes esta historia como una advertencia y una llamada a la reflexión.

El Calaverico (no diré mi edad solo diré que no paso los 55 años)

El cadavérico espera sentencia de silla eléctrica el 29 de noviembre del 2026, se le sentenció por las muertes de 25 mujeres comprobadas, pero se cree que entre la década de los 90 haya matado al menos otras 25.

Capítulo 13

Sentenciado 7

Me conocen como "El Machete", un apodo que refleja el arma que usé para perpetrar mis horribles crímenes, es decir unas 16 muertes, en su mayoría mujeres. Permíteme compartir contigo los escalofriantes detalles de mi pasado. Al menos generalmente.

Desde una edad temprana, fui consumido por un odio enfermizo hacia la figura femenina. Mi timidez y baja autoestima me privaron de la oportunidad de tener una novia o experimentar el amor y la aceptación que tanto anhelaba en mi juventud. Quizás se deba por una autoestima machacada por mi padre alcohólico y que arrastré hasta mi vida adulta. Esta frustración y resentimiento se convirtieron en una furia desmedida que anidó en mi interior y, finalmente, me condujo por un sendero siniestro, a lo que al final me encantó.

Mi maldad se manifestó en una serie de crímenes atroces. Usando mi machete afilado como símbolo de poder y control, aceché a mis víctimas con una precisión despiadada. Cabe decir, que meses antes practiqué con pequeños animales. Cada ataque era un intento desesperado por desahogar mi ira reprimida, mi sed de venganza contra todas aquellas mujeres que parecían tener lo que yo no podía tener, e increíblemente por días o semanas mi sed de odio se apaciguaba. En mi mente retorcida, justificaba mis acciones como una forma de nivelar el juego y vengarme de la vida que consideraba injusta conmigo. ¿Por qué yo tenía esto? y sé que mi padre tuvo que ver con todo esto, pero yo a él lo había perdonado ya y no podía reprocharle cosas, aunque en el fondo de mi sabía que él era el culpable, pero como dije: lo había perdonado por lo que con victimas saciaba mi sed de justicia.

A lo largo de los años, he causado demasiado daño a personas inocentes que mi subconsciente me decía eran culpables. Las pruebas y los casos contabilizados suman más de 24 oficialmente, pero yo ya olvidé en realidad, pero si hacemos conciencia creo pasarían fácilmente las 30 mujeres asesinadas, Entre los años 1985 y 2007, fui el cazador despiadado que se ocultaba en las sombras de la noche, esperando a que mis presas cayeran en mi trampa mortal.

Siempre les hablaba dulcemente y lo que querían escuchar para luego ofrecerles unos tragos, algo de dinero y bum la muerte.

curiosamente, debo confesar que el crimen por el que me detuvieron no fue intencional. En aquel maldito día, cuando la policía encontró el cuerpo en mi camioneta, afirmaron que intentaba esconderlo. Pero esa afirmación es totalmente falsa. Yo me encontré con ese cuerpo afuera del lago donde vivía, curiosamente creo que aquello fue una paga del karma. En mi paranoia, pensé que sería acusado injustamente, por lo que consideré la posibilidad de enterrarlo para protegerme a mí mismo. Es que, que cosas, yo cuando ajusticiaba a personas no sentía miedo, pero al encontrarme un cadáver externo a mi justicia entraba aen pánico como aquella vez.

Ahora, me enfrento a una sentencia de 1000 años de prisión supuestamente por haber matada a más de 24 obviamente confesé, pero un juez ha apelado y está considerando la pena de muerte por inyección letal. Tengo miedo especialmente por las noches, mi corazón se mueve estrepitosamente, y no duermo durante días.

A pesar de todo, te imploro que no te pierdas en la retorcida lógica de mi mente. No hay excusas para mis acciones y es justamente lo que siempre me han dicho los psiquiatras. Soy un monstruo que ha causado un dolor inconmensurable a las familias. Merezco el castigo más severo que la ley pueda darme, pero en lo más profundo de mi ser, deseo encontrar al final paz, paz de todo esto.

Si hay algo que puedo pedirte, es que vive la vida sin pensar en el futuro, se feliz en cada momento. No sigas el camino de la maldad y la violencia. Que mi historia sea una advertencia, porque más allá de la cárcel esto se sufre en el alma.

Hoy, me rindo ante la justicia que me espera. Nos si estoy completamente arrepentido o es que estoy en esta situación que hace que mi mente piense en eso. Porque estoy seguro que si estuviera allá afuera seguiría cometiendo crímenes horrendos.

El Machete (1961 -2021)

Murió el 23 de noviembre a causa de un suicidio. Fue encontrado ahorcado por una sabana. Se cree se suicidó a las 2 de la madrugada mientras todos dormían. No tenía familia conocida.

Capítulo 14

Sentenciado 8

Este sentenciado apodado como el cadenero se rehusó participar en este programa, por lo que escribiré parte de su historia.

Te contaré la historia de un hombre que insiste en su inocencia a pesar de las pruebas abrumadoras en su contra. Se le conoce como "El Cadenero de Texas", y su nombre es Gerson. A lo largo de seis años, el fiscal general Timothy Anderson y su equipo han recopilado evidencias irrefutables que lo vinculan directamente a los horribles asesinatos de al menos 12 mujeres, cuyas edades oscilan entre los 19 y los 40 años. Estos perversos crímenes tuvieron lugar en diferentes condados de Massachusetts durante el período comprendido entre 1998 y 2005, año en que finalmente fue arrestado este cobarde.

Y es increíble que a pesar de las pruebas de ADN y los objetos que se encontraron en posesión de Gerson, evidencia que lo liga directamente a los asesinatos de todas estas mujeres, no obstante, él continúa jurando y perjurando su inocencia en cada comparecencia. Sus palabras resonaron en la sala del tribunal mientras proclamaba que nunca mató ni violó a ninguna de esas mujeres. No obstante, el peso de las pruebas presentadas por la fiscalía parece ser abrumador, es decir, entre más inocencia reclama el señor Gerson más pruebas han encontrado en los últimos años.

Y es que ese estado ha quedado consternado por la brutalidad de los crímenes cometidos por El Cadenero entre esas fechas. Durante sus ataques, solía encadenar a sus víctimas y someterlas a torturas inimaginables, amarradas siempre por una gruesa cadena en el sótano de una vieja casa heredada por su bisabuelo alejada en las montañas.

El destino de Gerson ha sido sellado: está sentenciado a la pena de muerte por inyección letal en un plazo de meses, se prevé sea ejecutado por cámara de gas, el diciembre de 2023. A pesar de la inminencia de su ejecución, él implora perdón a las familias de las víctimas y a la sociedad en general, se muerde se araña alegando su inocencia... Insiste en que se ha cometido un error. Pero, a medida que más y más pruebas se han presentado en su contra, la credibilidad de sus palabras se desvanece, y ya varios jueces han negado cualquier nueva investigación para esclarecer su inocencia. Es un sujeto de 1.74 metros, de aspecto inocente, pero que eso es justamente, lo que lo hace más temible.

Ahora cabe preguntarse, mientras la sentencia se acerca, ¿es Gerson verdaderamente inocente de todo eso que se le imputa? ¿Existe alguna posibilidad de que estas pruebas sean incorrectas o manipuladas por alguien más? Por ahora, el jurado ha emitido su veredicto, y la condena ha sido dictada definitivamente.

El cadenero (1976-2023

Capítulo 15

Sentenciado 9

Me apodan El Cuchillo Loco, no diré mi nombre por razones de seguridad, digo no por mí, sino por un familiar que aún me ama.

Fui capturado en el año 2009, soy un asesino justamente en el intento fallido del secuestro de una joven que iba convertirse en una estadística más. Y justamente Fue durante la investigación de este caso que las autoridades descubrieron un oscuro y macabro secreto en mi hogar. Fueron Más de veinte cuerpos de hombres y mujeres encontradas en distintos estados de descomposición, revelando el sombrío alcance de mis crímenes. El odio que sentí por la especie humana me llevó a llevar a cabo eso, lo digo de frente sin vacilaciones. El ser humano es un monstruo y como tal necesita ser cazado. Yo era predador y ellos las presas.

Ahora, mientras espero mi sentencia de muerte, que ironía de la vida, el cazador cazado, y al menos no moriré en la silla eléctrica sino por una inyección letal de Bromuro de pancuronio. Eso quiere decir que poco a poco mi respiración se irá a pagando hasta detenerse por completo. Yo no conozco el perdón ni quiero conocerlo. Escribo esto únicamente para desaburrirme, ni siquiera los golpes y torturas me han hecho arrepentirme. Pero eso no importa. La palabra de un desquiciado mental no importa ya.

En una parte de la carta este sádico asesino serial apodado El Cuchillo Loco narra con lujo de detalles cómo seleccionaba a sus víctimas, cómo disfrutaba de su sufrimiento y cómo se regocijaba en su poder de quitarles la vida. Cada página de su carta está impregnada de su retorcida mente, revelando su placer en la tortura y el caos que sembró en la comunidad. Obviamente, por ética no integré los relatos de muchos de ellos en estas páginas.

A medida que profundiza en sus relatos de más de 15 páginas, justifica sus actos atroces argumentando una infancia marcada por el abandono y el maltrato según sus palabras. Afirma que su sed de sangre es una respuesta a la indiferencia y el rechazo que experimentó durante su niñez, aunque después cree que nació para eso. Para él, estos asesinatos fueron una forma de venganza contra el mundo que lo había rechazado.

Pero su confesión no termina en eso. Este psicópata con una arrogancia escalofriante que supera la ficcion, desafía a la sociedad y a las autoridades a condenarlo lo antes posible. No quiere esperar hasta el 1 de septiembre del 2030. Afirma que la muerte no lo asusta, que está dispuesto a enfrentar su destino sin remordimiento ni temor, que para él el infierno y esas cosas son tonterías. Su objetivo no es encontrar redención o perdón.

Esta carta confesional, llena de retorcidos detalles y emociones perturbadoras, es una ventana a la mente de un verdadero monstruo. Y es por eso que las he excluido por lo salvaje de su narración poniendo únicamente la parte de la introducción.

Con estas palabras concluye su confesión, dejándonos con una sensación de profundo horror y desasosiego: "si pudiera salir de aquí, no tengas la menor duda, que conocerías el sentido del dolor en su máxima expresión".

El cuchillo loco (posiblemente 1960-2022)

El asesino serial apodado el cuchillo loco fue asesinado en una pelea dentro de la prisión federal de Scrabort el 21 de julio de 2022. Fue apuñalado 67 veces curiosamente por un cebollero un cuchillo empleado para cortar carne, luego de asesinar a un miembro de una pandilla dentro de esa prisión. Como represalias los miembros de esta pandilla se vengaron 11 meses después. Su única hija es la única persona que le recuerda con cariño, porque fuera de ella aun golpea la mente de sus víctimas que sobrevivieron.

Capítulo 16

Sentenciado 10

George otro sentenciado se rehusó a escribir. De hecho, nos recibió en su celda amenazándonos de muerte. Literal nos dijo, déjame salir guardia quiero despedazar a este animal. No obstante, les contare algo de él.

La historia de George X, un hombre que ha dejado una huella de violencia y terror en la sociedad en los años 80. Desde su encarcelamiento en el año 2000, se ha ganado una reputación como uno de los reclusos más peligrosos y sádicos de la prisión en la que se encuentra recluido. Incluso otros reos psicópatas de máxima peligrosidad le temen su imponente figura de 1.90 metros y cuerpo robusto, además de sus ojos llenos de odio lo hacen un hombre de cuidado.,

George X, cuyo nombre completo no podemos revelar por razones de seguridad, ha mostrado un comportamiento extremadamente violento y perturbador durante su tiempo en prisión. Sus actos macabros, como encajar tenedores en sus propios ojos, han dejado atónitos a los guardias y al personal penitenciario, quienes se han visto obligados a tomar medidas especiales para garantizar la seguridad de los demás reclusos. Este sujeto no reparó en asesinar despiadadamente a un par de presos el 20 de enero del 2014 día en que se le permitió por primera vez tomar el sol junto a dos reos violadores y asesinos. El caso es que le basto un minuto para asesinarlos con un lápiz. A uno le encajó el lápiz por el ojo causándole una hemorragia cerebral, y el otro fue lanzado contra el pavimento de cabeza. George de 50 años tiene una fuerza descomunal.

Su condena inicial fue de 2 mil años de prisión debido a los terribles crímenes que cometió contra 29 mujeres de distintas edades, pero se piensa que mató por lo menos a 100 durante una década sin contar posiblemente a muchos hombres. Sin embargo, es importante destacar que las torturas a las que las sometió fueron prolongadas durante meses y de la peor forma, lo que demuestra la crueldad extrema de sus actos. Fue solo gracias a una redada en flagrancia que los cuerpos de las víctimas fueron descubiertos, poniendo fin a su reinado de terror en todo Estados Unidos. Ya que su modus operandi era viajar a lo largo de estados unidos tomando carreteras por lo regular solitarias y en busca de mujeres.

Resulta espeluznante saber que George X tenía planeado continuar con su espeluznante camino de destrucción, apuntando a 30 mujeres más, especialmente de raza blanca. Sus motivaciones y la sonrisa malévola que se aprecia en su rostro solo profundizan la perturbadora naturaleza de su ser. En su departamento a las afueras de Manhattan se encontraron 30 fotografías de víctimas locales que al parecer conocía de vista.

El 30 de abril de 2025, George X enfrentará su sentencia final: la cámara de gas. Será un día en el que la justicia espera poner fin a sus atrocidades y asegurar que nunca más podrá causar daño. Sin embargo, su negativa a compartir más detalles en esta carta solo refuerza su actitud desafiante y su desprecio por la sociedad y la vida humana.

Es importante señalar que este relato no busca glorificar ni celebrar los actos de violencia de individuos como George X, sino arrojar luz sobre la realidad de sus acciones y el sufrimiento que han causado.

George X (1973-2025)

Capítulo 17

Sentenciado 11

Siempre me encantó la lectura, incluso antes de llegar a este lugar. Y durante años escribí algunos escritos, canciones y poemas.

Hoy me dirijo a ti en lo que bien podría ser mi última carta. Mi nombre es Margarito S, y justamente escribiendo esto me he dado cuenta realmente la magnitud del daño que he hecho.

A mis 67 años, estoy a punto de enfrentar la sentencia final por los terribles crímenes que he cometido. Cuando se es viejo, ya la verdad la resignación a la muerte es evidente, y no temo por ello. Y es que desde mi primera víctima cuando apenas tenía 18 a mis 55 que me detuvieron, fácilmente fui culpable de 350 violaciones y 13 asesinatos. Es difícil poner en palabras el remordimiento y la culpa que ahora me invaden. Porque ni yo mismo puedo identificarlas.

Durante mucho tiempo, me dejé llevar por impulsos oscuros y enfermizos que me llevaban a cometer actos desalmados. En mi mente, la maldad se convirtió en mi compañera más constante, y siempre me decía una vocecita interna: hazlo Margarito nada te pasará, esas personas merecen ser castigadas por sus pecados. Pero ahora, en este momento de claridad que me ha brindado la inminencia de mi partida, deseo expresar mi más profundo arrepentimiento. Si, has leído bien, mi arrepentimiento.

Siento una inmensa tristeza por las vidas que he afectado y los corazones que he destrozado en todas estas décadas. Cada una de mis víctimas lleva consigo cicatrices imborrables, y por eso hoy me enfrento a la realidad de mi condena sin buscar excusas ni justificaciones. Por mi yo mismo hubiera puesto fecha: ya me hubiese matado. Lamentablemente todavía faltan 11 meses para mi ejecución.

Es en este punto que también quiero confesarte, que deseo mantener mi figura en el anonimato al partir de este mundo. No busco notoriedad ni pretendo que mi nombre sea recordado como el gran psicópata. Solo quiero que mis víctimas y sus seres queridos puedan encontrar algún grado de paz una vez la justicia sea aplicada en mi persona. La fama o el infame legado de un asesino serial no me interesa en lo más mínimo.

Si pudiera retroceder en el tiempo y evitar que mi sombra oscurezca la existencia de los demás, lo haría sin dudarlo. Desearía no haber nacido con esta maldad en mi interior, y lamento profundamente no haber encontrado la manera de canalizar mis emociones y frustraciones de una forma más positiva y constructiva.

En estas líneas en el papel, quiero que mi mensaje sea claro: el mal que sembré en el mundo no tiene lugar en la sociedad. Todos debemos unirnos para prevenir y proteger a los más vulnerables de las garras de la violencia y el sufrimiento. Espero sinceramente que mis acciones sirvan como una llamada de atención y un recordatorio de la importancia de cuidar y valorar a nuestros semejantes.

Con estas palabras, me despido. Que mi legado sea recordado como una advertencia, como un llamado a la reflexión y como una motivación para trabajar en pro de un mundo más seguro y humano. A aquellos a quienes lastimé, les pido perdón de todo corazón desde lo más profundo de mi ser. Que puedan encontrar consuelo y paz en su camino de sanación a todas y todos.

Arrepentido de todo corazón

Margarito

Margarito S fue ejecutado el 05 de marzo de 2021 por haber sido encontrado en la violación de al menos 300 mujeres en confesión y 13 asesinatos comprobados entre 1987 a 1994.

Capítulo 18

Sentenciado 12

Permíteme compartir contigo la historia de un hombre llamado Javier, conocido en los medios como "El Cochi". A sus 58 años, se encuentra encarcelado y se aproxima el día en que se ejecutará la justicia por sus crímenes atroces. A medida que sus días en prisión llegan a su fin, Javier reflexiona sobre su pasado. Y al igual que muchos relatos anteriores también se encuentra sumamente arrepentido de acuerdo a sus palabras.

Javier reconoce que su apodo, "El Cochi", se debe a su reputación como un depredador despiadado. Durante muchos años, alimentó sus oscuros deseos, cometiendo actos inimaginables de violencia y crueldad con animales, para luego comenzarlo a llevar a cabo con mujeres especialmente, y es que la mayoría de estos sujetos son femicidas. Sus acciones no solo dejaron un rastro de víctimas, sino que también dejaron un agujero en su propia alma según él lo reconoce.

En su celda solitaria desde hace 15 años, de acuerdo a testimonios de guardias y de el mismo, Javier pasa largas noches llorando, y lamentando el daño que ha causado. Se enfrenta a la terrible realidad de que sus víctimas no pueden recuperar sus vidas, y tampoco él puede deshacer el mal que ha causado. Se da cuenta de que, en su búsqueda de poder y control, ha perdido por completo su vida. Cuando lo vi, pude notar que no tenía un ojo, y según me contó, se debió a que, de la desesperación, se lo picó con su dedo al punto de reventarlo. También se le ven decenas de arañazos que el mismo se infringe. Cuenta que hay meses que no duerme hasta en 4 días de la ansiedad y el miedo.

A medida que los días pasan, Javier se sumerge en profundos pensamientos de desesperación. Se pregunta cómo llegó a ser tan monstruoso, y por qué no pudo detenerse a tiempo. Reconoce que la falta de empatía y su inclinación hacia la violencia eran una parte oscura y retorcida de su ser, pero lamenta profundamente no haber buscado ayuda, no haber luchado contra sus demonios internos. Cabe decir, que, en su arrepentimiento, Javier siente un profundo anhelo de cambiar el pasado, de tomar decisiones diferentes. Sabe que nunca podrá compensar a sus víctimas ni aliviar el dolor que les ha causado, pero sueña con un futuro en el que otros no caigan en la oscuridad que él habitó.

Desde el encierro de su celda, Javier escribe cartas a organizaciones dedicadas a la prevención del crimen y al apoyo a las víctimas, aunque no han salido de su celda, al parecer vive en un mundo surrealista en su mente.

A pesar de su oscuro pasado y su reputación como uno de los criminales más peligrosos, Javier se arrepiente sinceramente de no haber hecho las cosas mejor. En sus últimas palabras, pide a las personas que escuchen su historia que no permitan que sus propios demonios internos los consuman, que busquen ayuda y luchen contra las fuerzas que amenazan con destruirlos.

El día de la ejecución se acerca, y Javier enfrentará finalmente las consecuencias de sus actos. Mientras camina hacia el destino que le espera, lleva consigo un arrepentimiento sincero y un deseo de que su historia pueda tener un impacto positivo en aquellos que escuchen.

Javier alias el cochi se suicidó el 19 de enero de 2017 atragantándose con un trozo de manzana a propósito.

Capítulo 19

Sentenciado 13

Para terminar este libro, compartir contigo una historia de redención y transformación única. Esta historia está centrada en un individuo llamado Roberto Méndez, quien una vez estuvo perdido en la maldad, pero encontró su camino hacia el arrepentimiento.

Roberto, en su juventud, cometió errores terribles y se vio involucrado en 5 asesinatos. Sin embargo, durante su tiempo en prisión, tuvo una epifanía que cambió su vida por completo. Se dio cuenta del dolor y el sufrimiento que había causado a otras personas y decidió tomar responsabilidad por sus acciones.

Durante años, Roberto se dedicó a su rehabilitación personal. Buscó el apoyo de profesionales, participó en programas de terapia y se enfocó en su crecimiento espiritual. A medida que trabajaba en sí mismo, descubrió una pasión por la justicia y la ayuda a los demás. Y se convirtió en abogado luego de unos 7 años.

Después de cumplir su condena de 20 años, Roberto decidió utilizar su experiencia pasada para ayudar a prevenir el delito y brindar apoyo a aquellos que han sido víctimas de la violencia. Se convirtió en un defensor de la paz y la seguridad, trabajando estrechamente con organizaciones comunitarias y autoridades locales para crear programas de prevención del delito y apoyo a las víctimas. El es un claro ejemplo de que un psicópata en potencia en convertirse en asesino serial violador puede cambiar.

Hoy, Roberto continúa trabajando arduamente para construir un futuro mejor para sí mismo y para los demás. A través de su testimonio y sus acciones, ha demostrado que las personas tienen la capacidad de cambiar y crecer, y que el perdón y la redención son posibles incluso en las circunstancias más difíciles.

Esta historia de transformación nos recuerda que cada individuo tiene el potencial de renacer y convertirse en una fuerza positiva en el mundo. A través del arrepentimiento, el esfuerzo y el deseo genuino de cambiar, podemos superar nuestros errores pasados y contribuir a un futuro más esperanzador.

Fin de séptima historia

Capítulo 20
El misterio del asesinato

Era una noche fría de invierno cuando el detective Andrew Morgan recibió una llamada. El caso era el asesinato en circunstancias misteriosas del senador Jack Robbin en su casa, una antigua residencia abandonada en el campo a las afueras de Massachusetts. Sin contratiempos, Andrew se dirigió al lugar del crimen.

Cuando finalmente llegó, se encontró con una escena espantosa: sangre por doquier. Al llegar al estudio, el cuerpo del senador estaba desmembrado en pedazos literalmente, solo la cabeza se mantenía en su lugar junto al torso. Aquello parecía sacado de una película de horror de mal gusto. Parecía como si el homicida que había hecho eso hubiera desplegado todo su odio hacia la humanidad de Jack.

Claramente, Andrew se dio cuenta de que se trataba de un homicidio de primer grado, premeditado y llevado a cabo con alevosía y ventaja. Era evidente que el señor Jack había sufrido demasiado. El cuerpo tenía múltiples señales de haber sido torturado antes de ser asesinado, quizás mediante un corte certero en la yugular del lado izquierdo del cuello.

Mientras examinaba las partes del cuerpo del senador, Andrew se dio cuenta de algo peculiar: una nota cuidadosamente colocada bajo la cabeza decapitada de Jack. La nota decía: "El señor Jack no se dejó robar, se puso agresivo, quizás dentro de la mansión encuentre al asesino". Consternado por tan evidente pista misteriosa colocada a modo, el detective decidió iniciar una inspección exhaustiva en la enorme mansión.

Cada rincón de aquel lugar parecía estar lleno de misterio. En la biblioteca, encontró un extraño libro encuadernado en piel que pertenecía a Lucia Lohard, la antigua dueña de la mansión. En el diario, se podían leer historias escalofriantes de oscuras venganzas que habían ocurrido décadas atrás. Aunque intrigante, decidió dejarlo de lado y centrarse en pistas más concretas.

Mientras continuaba su búsqueda, Andrew encontró un elemento interesante en medio de un libro titulado "Babilonia". Una carta ambigua revelaba algo sobre una conspiración en la que el título del senador figuraba, pero sin proporcionar más detalles concretos. Aun así, no pudo determinar con evidencia fehaciente si se trataba del señor Jack.

A medida que avanzaba en la investigación, los sospechosos empezaron a tomar forma. La esposa del senador, Ana Robbin, levantó sospechas debido a su actitud evasiva y respuestas ambiguas durante los interrogatorios. Su mirada nerviosa y sus secretos ocultos despertaron el instinto investigador del detective, aunque más tarde fue excluida.

Otro sospechoso destacado era Simmons Lucke, socio de negocios del señor Jack en una empresa tabacalera. A pesar de su relación laboral, siempre existió una rivalidad palpable entre ellos. A medida que Andrew profundizaba en sus antecedentes, se daba cuenta de la tensión existente entre ambos.

A medida que los días de investigación transcurrían, el detective comenzó a recibir amenazas anónimas por teléfono e incluso en su propia casa. Cartas escritas a mano le advertían que se detuviera o sufriría graves consecuencias. Sin embargo, el experimentado detective, con sus 20 años de experiencia, no estaba dispuesto a abandonar el caso.

Capítulo 21

Al tercer día de las investigaciones, Andrew encontró un pequeño diario deshojado bajo un libro en el estudio. Lo extraño era que la escritura estaba codificada, lo cual indicaba que el señor Jack tenía secretos que quería mantener ocultos. Sin perder tiempo, el detective encomendó el diario a su equipo forense mientras continuaba recopilando pistas, entrevistando a todos los miembros cercanos de la familia, amigos, compañeros, etc.

Después de horas de trabajo, el equipo del detective logró descifrar una de las líneas clave que indicaba que el señor Jack había estado recibiendo amenazas de un antiguo socio de negocios, el señor Simmon Luke. Ambos se habían enfrascado en disputas de dinero y asuntos legales relacionados con la empresa.

Investigando un poco más a fondo los asuntos de Simmon Luke en la empresa, se dieron cuenta de que había tenido dificultades financieras debido a malas inversiones, lo cual había fracturado su relación con el señor Jack hasta volverse insostenible. Además, descubrieron que Simmon tenía una sólida motivación aparente para querer ver muerto al señor Jack: la recuperación de su estatus y poder financiero ante el grupo que lideraban y así poder pagar sus deudas.

El detective decidió seguir el rastro de Simmon, lo cual lo llevó a tener un acalorado encuentro en la oficina. Durante el interrogatorio, Simmon negó categóricamente cualquier participación en el asesinato del señor Jack y presentó sólidas coartadas. Afirmaba tener problemas, pero nunca mataría a nadie. Sin embargo, Andrew sospechaba que Simmon estaba ocultando algo más.

Determinado a resolver el caso y descubrir al verdadero asesino del señor Jack, el detective decidió ampliar su campo de investigación y buscar nuevos elementos mientras trabajaba incansablemente durante horas en los archivos del senador. Se dio cuenta de múltiples transacciones anómalas y sospechosas que posiblemente podrían tener relación con su asesinato.

Capítulo 22

Mientras Andrew trataba de llegar a la verdad, la noticia del robo de un valioso diamante se extendió rápidamente por todo el distrito, captando la atención del detective. Mientras estudia el caso, gracias a su amigo Andriane, se da cuenta de que tiene muchas similitudes con el asesinato de Jack en cuanto algunos detalles. Convencido de que ambos crímenes posiblemente están relacionados, decide seguir el rastro de los perpetradores, aunque también podría ser una cortina de humo.

Conforme analiza meticulosamente las pistas de la escena del crimen y entrevista a múltiples testigos, busca cualquier indicio que pueda llevarlo a los culpables. A medida que avanza, se da cuenta de que los ladrones han dejado una serie de signos extraños, lo que indica que se trata de atracadores especializados y no simples delincuentes.

Utilizando la ayuda de su equipo, rastrea el origen de estos signos y descubre el nombre de Joan, una persona que tuvo contacto con la banda. Ambos se reúnen en un lugar discreto en el centro de la ciudad. Joan proporciona información efectiva sobre un antiguo caserón que solían utilizar estos hombres. Convencido, el detective decide ir al lugar.

Al llegar, el detective y Joan se encuentran con una casona abandonada y en mal estado, desolada. Sin embargo, se dan cuenta de que hubo actividad reciente debido a la basura en una de las habitaciones sin techo. Con la pistola en mano, comienzan a investigar el resto de las habitaciones.

A medida que avanzan a través de los distintos espacios de la casona, se percatan de que hay trampas colocadas por los atracadores para mantener alejados a los intrusos. Logran esquivar algunos obstáculos y, tras un par de horas, descubren una cámara secreta oculta detrás de una pared de adobe. Dentro, se encuentran con un viejo mapa detallado que muestra diferentes ubicaciones de los atracadores, así como una lista de nombres. Convencidos por las pistas, deciden seguir el rastro de las ubicaciones indicadas en el mapa.

Capítulo 23

Enfocado en la investigación de Jack, Andrew busca con más empeño pistas para dar con el culpable. En el quinto día, mientras realiza trabajo de campo en la mansión del senador, se encuentra con un testigo sorpresa: el jardinero que trabajaba en la propiedad justo el día en que ocurrió el hecho, según la esposa de Jack, debería haber estado en el jardín ya entrada la tarde.

El jardinero se pone nervioso, pero decide cooperar con la investigación. Cuenta a Andrew que precisamente en la tarde de los hechos vio a un sujeto sospechoso merodeando alrededor de la mansión cerca de los cercados. Lo describe como una persona de complexión media, delgada, vestida completamente de oscuro con una gorra y lentes. Además, según su intuición, le pareció extraña su manera de comportarse, como si estuviera vigilando.

Intrigado por esta nueva información, el detective interroga al jardinero durante horas, intentando reconstruir la secuencia de los hechos. Andrew le pregunta sobre el momento preciso en que vio al sospechoso deambulando y lo cuestiona acerca de cada detalle. Trata de determinar si la presencia de aquel sujeto está de alguna manera relacionada con el asesinato o si es simplemente una mera coincidencia.

En algún punto de la conversación, el jardinero menciona que parecía que el sospechoso llevaba consigo una mochila en la mano. Andrew toma nota en su libreta y se pregunta qué podría haber llevado en la mochila. Con todos estos detalles proporcionados por el jardinero, el detective realiza otras entrevistas para corroborar su testimonio. Investiga minuciosamente cada zona de los amplios jardines exteriores donde el hombre merodeó.

Capítulo 24

Mientras analiza las pruebas proporcionadas por el jardinero, Andrew comienza a sospechar que hay algo más en juego en todo este caso. Su teoría sugiere que se trata de una conspiración.

Decidido a comprobar si tiene razón, Andrew empieza a investigar el pasado de Jack desde hace años. Sin embargo, después de horas de investigación, solo encuentra vínculos con Simmons y nadie más. Centrándose en Simmons, descubre pistas en su casa que sugieren su participación en el asesinato. Encuentra correos electrónicos con documentos comprometedores que apuntan a Simmons como el culpable directo y el autor intelectual del crimen. Según los correos, ha contratado a un asesino a sueldo para llevar a cabo el asesinato.

También se da cuenta de que Simmons manipuló la escena del crimen para desviar la atención de él mismo, y que esa escena fue de alguna manera un intento de robo, según la nota encontrada. Sin perder tiempo, obtienen una orden de allanamiento y se dirigen a la casa de Simmons, capturándolo sin disparar un solo tiro. Simmons se ve acorralado y aparentemente ha perdido la confianza, aunque todavía falta encontrar al autor material de los hechos.

Capítulo 25

Ante una apelación de Simmons y su posterior liberación, la tensión se eleva cuando Andrew confronta a Simmons como el cerebro detrás de la muerte de Jack y todo el misterio que lo rodea. Con más pruebas en su poder, el detective espera llevar a Simmons a prisión de manera definitiva.

Después de lograr éxito en la corte y obtener nuevamente una orden de captura, Andrew presenta a Simmons y su equipo ante el juez. Con cuidado, presenta las pruebas que demuestran que Simmons es el autor material del brutal asesinato de Jack. Muestra documentos incriminatorios, pagos realizados a uno de los asesinos, testimonios, dejando en claro una compleja red de conspiración.

Inicialmente, Simmons muestra una actitud desafiante, pero pronto su semblante revela que las pruebas son abrumadoras. Intenta desviar la atención y negar rotundamente su culpabilidad utilizando todos los medios legales disponibles, pero la firmeza del detective lo acorrala cada vez más.

Andrew utiliza su experiencia y habilidad interrogativa, exponiendo estratégicamente sus pruebas para romper la negativa de Simmons. Le presenta coartadas y pruebas de que Simmons ordenó el asesinato de Jack para obtener el control total de su compañía y manipular a su antojo a la esposa de Jack, quien desconocía los detalles. Simmons buscaba comprar las acciones a un precio irrisorio y apoderarse de todos los activos de la empresa, que ascienden a más de 500 millones de dólares.

Con el arresto de Simmons, solo queda dar con el o los demás responsables del caso, y eso es precisamente lo que el detective está a punto de hacer.

Capítulo 26

Ante la posibilidad de verse beneficiado por la ley 3242 en una disminución de condena, Simmons confiesa que contrató a Tomas Liken, un miembro de una banda y vendedor de drogas en el este de la ciudad, por una suma de 35 mil dólares para que cometiera el asesinato. Sin embargo, asegura que nunca fue su intención que se llevara a cabo el asesinato de la forma en que sucedió. Aclara que el motivo principal no era únicamente financiero, sino que también mantenía una relación amorosa con Ana, aunque insiste en que ella no tuvo nada que ver con el caso. Afirma que toda la iniciativa fue suya.

Una vez capturada la banda en su totalidad, Simmons, de 58 años, es declarado culpable y sentenciado a 55 años de prisión por diversos cargos, principalmente por asesinato en primer grado.

Markus Jeff se encontraba en un dilema atroz, atrapado entre la espada y la pared. El crimen que había cometido, impulsado por sus instintos más salvajes, lo había dejado con un abrumador sentimiento de culpa y remordimiento. No importaba cuánto anhelara enmendar sus errores, parecía no haber salida.

En medio de un oscuro bosque, rodeado por la opresiva sombra de los árboles, Markus se debatía entre tres opciones desoladoras que le esperaban. La primera, atentar contra su propia vida, buscando la redención a través del sacrificio final. La segunda, entregarse a la justicia y enfrentar una pena perpetua, cargando con la culpa y el tormento día tras día. Y la tercera, la más sombría de todas, era esperar en la cárcel a ser asesinado por los reclutas al descubrir el horrendo crimen cometido contra una inocente chica.

La desesperación se apoderaba de su mente, mientras su corazón latía con fuerza en su pecho, recordándole el peso de sus acciones. La inquietante quietud del bosque parecía susurrarle las consecuencias inevitables que lo acechaban. Y en su mente una vocecilla tintineante decía: "jala el gatillo de la revolver y termina todo, no seas cobarde".

Markus sabía que el tiempo se agotaba y que debía tomar una decisión. La redención se volvía esquiva, como un sueño efímero que se desvanecía entre sus dedos temblorosos. Cualquiera que fuera la elección que hiciera, su vida ya estaba marcada por el horror que había desatado.

Finalmente, con lágrimas en los ojos y el alma en pedazos, Markus dio un último vistazo al oscuro horizonte del bosque. Respiró profundamente, sintiendo la opresión del arrepentimiento en su pecho. Con pasos vacilantes, se adentró en la espesura, consciente de que su destino estaba sellado y que la redención, el perdón y la paz eran solo qu

Gracias